MEMORY HOUSE

记忆坊文化

寒烈 著

你是我荒漠里唯一的花 上

You Taste very Sweet

（全二册）

江苏凤凰文艺出版社
JIANGSU PHOENIX LITERATURE AND ART PUBLISHING

Contents

目录

第一章

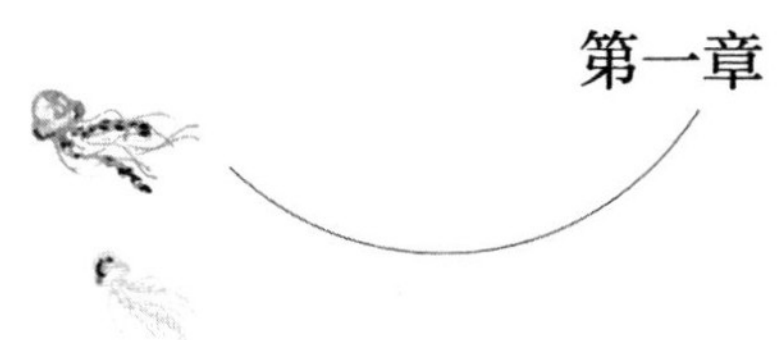

“谢谢大家收看本期《音乐超能力》，我们下期再见！”

随着结束语最后一个字清晰地吐出，悠扬动听的片尾曲响起，现场导演示意节目录制结束，录影棚里的工作人员有序行动起来。

现场助理上前来替三位主持人取下录音设备。

吴婉婉从高脚椅上站起身来，伸一伸腰，转头笑问她身边正打算脱掉高跟鞋换上助理递来的平底鞋的严灵：“四年，整整两百期节目。都市很多男女的婚姻都未必能坚持这么久，我们该大肆庆祝一番，你有什么计划？”

严灵微笑，脸颊上浅浅的梨窝若隐若现：“这你要问远兮，我一向只负责跟着她吃喝玩乐。”

严灵生得娇小甜美，说话自有一种柔软娇俏的味道，总教人生出一股想要保护包容的冲动来。

另一侧，摘下别在领口上的麦克风准备交给助理的郁远兮闻言，抬起头，露出干净的笑容："没问题，包在我身上。"

"远兮最好了！"严灵走向远兮，伸手勾住她的臂弯，将泰半重量挂在她身上，朝吴婉婉一扬下巴，"婉婉你说是不是？"

吴婉婉嘴角带笑，轻撩长发，没搭理她的话。

严灵紧扒老好人郁远兮，试图组成小团体孤立她也不是一两天的事了，只有郁远兮傻呵呵的，对她们之间剑拔弩张的气氛毫无所觉。

不过，这样的情形，也不会维持太久了，吴婉婉想。

"远兮，章主任让你过去一趟！"现场导演朝郁远兮招招手，"你赶紧去。"

"这就去！"远兮扬声回应，随后从严灵手中抽回自己手臂，"庆祝的事等我回来再说。"

吴婉婉注视远兮走出录影棚，一路与相熟的工作人员打招呼，似笑非笑地斜睨严灵："你不提醒她一下？"

"提醒她什么？"严灵无辜地反问。

"呵！"吴婉婉冷笑。

办公室的门被敲响，坐在办公桌后的章明贤放下手中的笔："请进。"

望着推门而入的郁远兮，章明贤内心赞叹：真是个充满朝气的女孩！

郁远兮留着干净利落的齐耳短发，长眉微微上扬、睫毛浓长，还有一双好看的笑眼，身形纤长却不瘦弱，行走间浑身上下都透出蓬勃生机，教他对自己接下来要对她说的话，生出些许不忍。

“坐。”章明贤指指办公桌对面的靠背椅，待远兮落座，他起身走向饮水机，倒一杯水递给她。

远兮接过一次性水杯，轻抿一口，有些意外地发现是一杯温水。

章明贤笑起来：“主持人和歌手其实差不多，一定要时时注意保护嗓子。”

“谢谢章老师提醒！”远兮谢过主任的好意，“您找我有什么事？”

章明贤半靠在办公桌一边，想一想，问：“你来台里，到九月，已满五年了吧？”

远兮颔首：“是。”

大三时她被同学拖着一起参加校园主持人大赛，最后反倒是前去陪跑的她脱颖而出，获得了主持人大赛的二等奖，并备受当时节目主办方——电视台文艺频道节目组的欣赏，在大四顺理成章进电视台实习，毕业后签约成为文艺台主持人，这一干就是五年。

章明贤摸摸下巴：“对自己的职业，有什么规划？”

远兮轻轻抬眼，注视主任，并未急于回答这个问题。

章明贤喟然一叹：“台里对文艺频道的节目进行调整，有些人事上的变动……”

私心里，他觉得相比娇滴滴的严灵、走妩媚路线的吴婉婉，郁远兮业务能力更出色，控场一流，更有鲜明的个人特色，要说有什么缺点，大抵只有不会撒娇这一条罢了。

倘使他能做主，绝不会裁撤配合度高、执行力强又知识面广的郁远兮。可惜，他只是节目主任，不是台长。

“《音乐超能力》在八点钟黄金时段的收视率虽然仍相当不错，但和前两年比，还是出现较大幅度下滑，台里决定结束这档节目，另行安排你们的岗位。”章明贤斟词酌句，“严灵与吴婉婉的新节目都已落实，只有你……台里暂时还没安排。”

郁远兮倾身，将手中的一次性纸杯放在面前的办公桌上，微微抿紧嘴唇，只有握在一起的发白的指关节，出卖她此时此刻的心情。

“台里的意思，你先休年假，放松几天，给自己充充电……”章明贤握手成拳，抵住口鼻，轻咳一声，接下来的话，连他自己都不信，“等台里讨论出结果，会通知你。”

远兮点点头，站起身来：“我知道了，您还有其他事吗？”

章明贤摇摇头。

“谢谢您两年来的指点教导！”远兮眼神清正，声音朗然，身姿挺拔得像一棵百折不挠的劲竹。

章明贤摆手，到底没忍住：“远兮，去找台长撒个娇，服个软，不要跟自己的前途过不去。”

广告部主任是新任台长的内侄，到任伊始，宴请几大广告投放商，让台里年轻男女主持人作陪，无非是喝酒猜拳唱歌之类无伤大雅的活动，吴婉婉同严灵也未必情愿，可是全都欣然赴宴，只有郁远兮未曾到场。广告部主任觉得被落了面子，往台长跟前吹了吹风，恰逢台里节目调整，她便被推出来，并不是没有杀鸡儆猴的意思。

远兮微笑：“主任，谢谢您！”

她这一笑，如阳光破云而出，令原本凝滞的气氛，蓦然消散无踪。

远兮走出办公室，一点点敛去笑容。

广播电视大厦的楼道悠长曲折，走廊两侧办公室的门或开或合，《音乐超能力》节目组办公室里人声笑语不断，无人注意郁远兮从主任办公室返回，静静地站在门口，注视工作人员推着一辆小餐车，上头搁着一座三层点心托盘，慢慢走向被众人围在当中的吴婉婉和严灵。

吴婉婉双手合在心口，好看的脸上带着适度得体的惊喜：“你们怎么知道我最爱吃维斯特伍德的红丝绒玛德琳？”

“是远兮姐订的。”助理在旁轻道。

吴婉婉若有所觉地望向门口。

“对了，远兮呢？”在场有人想起这一场小小庆祝的另一位主角。

远兮在这一刻，旋足离去，将所有热闹喧嚣抛在身后。

说她心里一点都不难过，未免自欺欺人，只是她有她的骄傲。

回到家，远兮在楼下门廊碰见接小孙女放学回来的邻居管阿姨。

阿姨正对胖嘟嘟、两颊红润得如同小苹果的女童嘀咕：“吃吃吃，就晓得吃，再吃要变大胖子，穿不下白雪公主的公主裙！”

穿着白衬衫、格子裙，戴绿领巾的小女孩一手被祖母牵牢，一手握紧一根牛奶巧克力威化，一排门牙像小松鼠，咔嚓、咔嚓，巧克力威化发出脆响，越来越短。

远兮伸手摸摸女童汗湿的额头，问：“最后一节是体锻课？”

小姑娘点点头，一整条威化已被她消灭。

邻居阿姨将视线从孙女转向远兮：“今朝这么早下班啊？”

远兮微笑：“老板嫌我不会看眼色，把我辞退了。”

“瞎讲！”阿姨轻拍远兮的手，随后上下打量，“不过你好像比电视上瘦，小姑娘勿要总想减肥，稍微胖一点才好看！”

“对！像囡囡这样就最可爱！”远兮趁机捏一把小女孩的苹果脸。

管阿姨一噎，瞥远兮一眼，转移话题：“最近怎么不见陶老师？”

管阿姨虽然性格有些八卦，爱管闲事，但其实为人古道热肠。

因住在一楼，无论楼上谁家有快递，要是家中恰好没人，都由管阿姨代收，她从来不嫌麻烦。若楼里哪家老人几天不出门，她都会去敲门关心一下。

“我妈去市里参加培训，过两天回来。”远兮对管阿姨解释。

“哦！哦！那就好，那就好！”管阿姨笑呵呵的，红娘附体，“远兮啊，我看你这么喜欢小朋友，那赶紧谈朋友结婚啊，过两年陶老师退休，正好可以帮你带孩子。我这边认识一个海归，任职世界五百强，年薪百万，有车有房……”

心情不佳如远兮，也不由得失笑，迭声拒绝：“不不不，我还年轻，想再玩几年。”

“还年轻？！你考虑考虑，远兮，机不可失，失不再来。”管阿姨苦口婆心。

“阿娘，我肚子饿！”小女孩扯扯祖母的手，一手摸着肚子大声说。

远兮赶紧趁管阿姨分神之际与她道别，跑上楼梯，在楼梯转角处，她看见小女孩仰着脸，朝她眨眨乌溜溜的大眼。远兮双手叠在唇边，然后朝那可爱女童抛出飞吻。

等上楼回家，进到自己房间，鞋脱袜甩，往床上一躺，深深疲惫与浓浓不甘才一点一滴自远兮内心里慢慢渗出。

她以为努力充实自己，认真做好本职工作，就够了。

然而原来，不愿意陪酒卖笑，也是罪过。

床对面五斗橱顶摆放的“名优新”主持人获奖照片，距今也不过才两年时间。相框里她手捧奖杯绽放笑容的模样定格在相纸上，仿佛是对此时此刻的无情嘲笑。

远兮猛地从床上跳起来，扑到五斗橱跟前，“啪”地一下将相框正面朝下扣在橱顶，随后从抽屉里取出运动服换上，到阳台奋力来回击打悬挂的拳击速度球。

红色速度球被远兮击打到反弹板上，她每一次转动身体、躲避、出拳，都用尽全力，似乎只有这样，才能将心底那一丝郁气全数发泄出来。

郁侑庭拎着两条鱼进门，经过客厅，正看见女儿在客厅阳台上挥拳。他任由两条鲫鱼吊在稻草秸上，尾巴甩得啪嗒啪嗒响，默默站在客厅里观察了一分钟。

“放松，注意脚步移动的节奏，两边肩膀保持水平。”他出声提醒，言罢走向厨房，将两条活蹦乱跳的鱼放进水池里。

郁爸爸系上围裙，从水池里抓住一条鲫鱼，按在砧板上，取过一旁刀具架上的刮鳞器，将鱼鳞刮净，随后换用剪刀，从鱼腹下的小孔下剪，轻松剖开鱼肚，剪刀尖在鱼腹里一拧一拽，鱼肠鱼鳔便通通挂在剪刀尖上拉出来。

处理好的鱼被抛回水池里，仍倔强挣扎翻滚，溅出不少水花。

郁爸爸伸手去捉另一条鱼，远兮走进厨房：“爸，我来弄。”

郁侑庭不同女儿客气，往旁边一让，将剪刀交至女儿手中：“喏，给你。”

远兮动作轻捷迅速，和父亲相比毫不逊色，刮鳞剖腹取肠去腮，一气呵成。

郁爸爸点头赞许：“不错！”

“也不看看是谁教的？名师出高徒！”远兮自豪。

郁爸爸笑起来：“行了，剩下的交给我，你洗手等吃饭吧。”

远兮立正敬礼：“是！”

半小时后，两父女对坐吃饭。

“这两天你妈不在家，饭菜比较简单。”郁侑庭指指盘子里的葱烤鲫鱼，“鱼是你孙伯伯从鱼塘里钓上来的，空心菜是从他家天井小菜园里摘的。”

“孙伯伯的都市田园生活好似过得很滋润。”远兮搛一筷子腐乳空心菜吃，滑嫩的菜叶与清脆的菜梗在嘴里形成独特口感。

“等我和你妈都退休，我们也向孙伯伯学习，到郊区买一幢带花园的小别墅，辟一角种些蔬菜，养两只狗，闲来无事莳花弄草，再惬意不过。”

“你们不盼着早日抱孙？”远兮颇诧异，父亲的退休规划里竟然没有含饴弄孙一项。

郁爸爸大手一挥：“我们辛苦忙碌工作一辈子，好不容易退休，若身体条件允许，还想多出门走走看看，谁要帮你看孩子？”

言外之意：想得美!

远兮闻言哈哈笑：“这可是您自己说的！到时候不要反悔哦！”又假装懊恼，“刚刚应该把您这句话录下来才对。”

郁侑庭昂首：“爸爸一向言出必行，绝不出尔反尔！”

远兮眉眼带笑，工作中遇到的那点不开心，随着运动出汗和晚餐与父亲的交谈，渐渐散去。

次晨，远兮难得睡懒觉，睁开眼便已八点。

她洗漱刷牙走出自己的卧室，正碰见准备出门上班的父亲。

“不上班？”郁侑庭随口问。

“目前失业中。”远兮不打算向父亲隐瞒现状。

郁爸爸脸上浮现意外颜色，随即点点头，并不多说什么：“晚上没安排的话，一起去拳房健身。”

远兮目送父亲的背影消失在门后，嘴角露出释然微笑。

虽然她知道父亲绝不会因为她失去工作而对她横加指责，但她其实还是会害怕看见父亲露出失望的神色。

她曾经客串过一档心理咨询节目的嘉宾主持，有成年观众向节目组求助，倾诉常年无法获得亲人的精神支持，导致罹患重度抑郁症的经历。

“为了能争取到更好的职业前景，在夜校继续进修，母亲不断唠叨：工作了也没看见你赚一分钱，都不知道用到哪里去了。我从国企跳槽到私企，母亲天天埋怨：‘国企待遇多好，为什么要去私企？老板说裁员就裁员，一点保障也无。’我交男朋友，母亲大为嫌弃：又矮又胖，既没车也没房，这种人有什么好？”求助者痛苦不已，“我不完美，但是难道她就看不到我的努力吗？”

那场心理咨询疏导以失败告终，求助者的母亲完全不能理解女儿的感受，在节目录制现场仍然对女儿的一举一动大加指责，认为自己对女儿遭受的痛苦没有一点责任。

远兮在那一刻深深认识到，并不是所有父母都能坦然面对孩子并不能达到他们理想中的状态这一事实。

远兮庆幸，自己有开明又通情达理的父母。

父亲去上班，家中阒无人声，远兮打开音响，格里高利合唱团优美清澈的男声在室内流淌，幽回旷远的旋律回荡在耳边，远兮心静神宁。吃过早饭，操起扫帚将房间打扫一遍，犄角旮旯都不放过。

等她将家中所有玻璃擦得光可鉴人，时间已近正午。远兮出了一身薄汗，手握玻璃刷，另一只手掐腰站在阳台上，满意地望着自己的劳动成果，感慨：“难怪家政阿姨收费不菲……”

她话音未落，信手搁在阳台花架上的手机铃声响起，远兮摸过手机，看一眼来电显示，接听。

电话彼端是毕业后虽然偶有联系，但已多年未见的老同学，当初正是她拖着远兮一起报名参加校园主持人大赛。

“大主持人！我麦樱子！”老同学麦樱子多年因工作需要养成的播音腔透过听筒传来，中气十足。

“嘿，麦子！”远兮从阳台走向客厅，“最近可好？”

“我有什么好不好的？不过是老样子，混资历。”麦樱子闭口不谈自己，反问远兮，“你呢？一个人在家？千万别憋出个好歹来！来来来，出来吃饭！”

远兮轻笑：“这么快就传开了？”

麦樱子并不否认：“咱们圈子就这么大，你们上级做事本来也没打算遮掩，可不是这么快就传开了！”

远兮哑然，这是拿她当反面典型宣传了啊……

那头麦樱子竹筒倒豆子似的：“此处不留爷，自有留爷处，远兮你说是不是？你来吃饭，我替你参详参详，看看能不能替你打点关系，重新上岗。”

“谢谢你，麦子！你的好意我心领了。”远兮婉拒，“事已至此，我想给自己点时间，看看书，充充电。”

“郁远兮……”麦樱子几乎在那头顿足，“你怎么……这么倔？！”

远兮只管微笑，假装听不懂她的潜台词：“我要是不倔，哪里还会丢工作？”

“算了！我不管你了！”麦樱子泄气，“反正大主持人你也看不上我们网络电台主播的饭局。”

“等我这边一切稳定下来，我们再约。”远兮诚心诚意。

“随便你！”麦樱子负气挂断电话，对坐在她身边的几个网络电台广告商和同事赔笑，“大主持人摆架子，不肯来。”

“人家电视台的主持人，架子大，哪儿像我们麦姐如此平易近人！”众人连声开解。

麦樱子饭局上众人的谈论，远兮自然是不晓得的，她有太多事要做。

晚上吃过饭，远兮拎着厨余垃圾，和父亲下楼，将垃圾扔进小区新建好的分类垃圾站，然后父女二人散步到两条街外的拳房。

一路上遇见不少同样饭后出来夜走的小区居民。

“郁师傅，陶老师不在家，和女儿一起散步啊？”

“哦哟！今朝是小郁陪老郁出来啊？稀奇的！”

“宝宝，你不是想和郁姐姐合影吗？快去快去！”

远兮眼见父亲走出两条横马路，仍能遇到认识他的老先生，忍不住好奇：“爸，这附近还有不认识你的人吗？”

郁侑庭想一想：“可能有几户新住户还不认识我。”

“您这算不算是从群众中来，到群众中去？”远兮微微侧头，笑问。

郁爸爸三十年前退伍，服从组织安排，到街道办事处任干事，负责治安保卫工作。亲历所处社区由20世纪60年代所建四层煤卫共用的老公房，逐步完成拆迁安置、回迁，变成如今成熟的商品房社区，见证了发展和变迁在这片人口密集的街道留下的时代烙印。

郁侑庭失笑：“工作需要，恪尽职守而已。”

其实他们两父女都不是热情外露的性格。

父女二人前后脚走进建在街道阳光活动中心里的新岸拳房，拳房里顿时响起一片招呼声。

“师父好！小师姐好！”

“郁大哥！小郁！”

郁侑庭退伍转业回到地方上，一身在部队里练下的功夫始终没有丢下，一直保持锻炼的习惯。女儿刚会走路，便带着她一起到拳房长见识。纤细颀长的郁远兮的童年，倒有大半时间是在拳房里度过的。新岸拳房里，绝大多数人见到她，都得毕恭毕敬叫她一声小师姐、小师姑。

“老郁来啦？”一个身材壮硕、头发花白的中年人穿着拳击背心从人堆里走出来，看见远兮，豹眼一亮，“远兮也来了？稀客！”

他走近郁家父女，伸出大掌与郁侑庭握手，又状似随意地拍一拍远兮肩膀，随即收回手：“很久没练拳了吧？肌肉都松了。等一下陪我老头子过两手！”

远兮朝他合掌：“求蔡师傅放过。”

头发花白的蔡师傅哈哈大笑：“以你的身手，打三五个菜鸟没问题。”

“承蒙您看得起。”远兮虚抹一把额头，汗颜。

蔡师傅示意远兮随意，自顾自地拉走郁侑庭去切磋。

远兮去一旁更衣休息区换上功夫鞋，往热身区找了一角，开始原地小跑和拉伸。

她本就生得瘦高，动作又轻盈娴熟，很快便引来注意。拳房一侧女子防身术班的教练朝远兮遥遥招手：“郁远兮！”

远兮循声而去：“小祁哥。”

人高马大的黝黑青年向站在他对面的七八个年轻女学员介绍远兮：“这是我的小师姐，论女子防身功夫，此间再没有人比她练得更精纯。我现在请小师姐给大家演示一下，当你们独自一人遇到危险时，该怎样正确应对。”

远兮也不扭捏，对一众女学员点点头，在小祁对面站定，两人相互抱拳施礼。

“歹徒袭击，无非正面与背面两种，当遇到正面单手禁锢时，不要惊慌。”小祁一边解说，一边靠近远兮，伸出一只手去抓她的手腕，“可以假装很害怕，试图挣扎，但内心里要有股‘看老娘怎么治你’的狠劲。”

女学员们被小祁捏起来仍然粗犷的嗓音逗笑，就在她们笑场的那短短一瞬间，小祁蓦然近身用一只手扣住远兮左手手腕，脸上原本笑眯眯的表情消失殆尽，眼神里透出一股锐利来，而远兮则不慌不忙地移动脚步，从小祁侧身位置移到他正前方，右脚在前，左脚在后微微踮起，随即猛地向后退步，身体重量带动手腕，轻易脱出小祁掌控。

女学员们“哗”一声，齐齐发出惊叹。

“看清楚了没有？”小祁又恢复成笑呵呵的模样。

“没有！”大家纷纷喊。

“现在慢动作再做一遍，注意观察。”

说是慢动作，可攻击与防卫脱身，在一呼一吸之间便已完成。

“好帅！”有女学员双眼如炬，拍手叫好。

远兮与小祁拉开距离，相对行礼。

去做自己的练习之前，远兮对一群跃跃欲试的女学员笑着招招手，趁她们凑上来的机会，低声说：“虽然你们来学习掌握自卫防身术，但真正遇到危险，只要条件允许，一定要先以最快速度跑开，不要以身试险。在绝对的力量面前，技巧并不足以保护我们不受伤害。除非没有选择。逃跑虽然懦弱，但是有用哦！”

然后不待一众女学员反应，微笑离开这一角。

小祁顺势指一指远兮走向拳台的背影：“防身术想学成不难，难在学得精，会随机应变，要不断练习，才能形成条件反射。你们要是三天打渔，两天晒网，那可不行。”

眼冒红心的女学员对小祁的叮嘱充耳不闻，双手捧心问：“祁老师，刚才是郁远兮吧？”

“好像是她。”有人附和。

小祁露出一排白牙，笑：“只要你们今天有人能打得过我，我就给你们去近身求证的机会。”

“我们怎么打得过祁老师啊？”现场响起一片哀叫。

远兮听着拳房一头传来的热闹声响，觉得这夜晚真教人心情愉悦。

她并未注意，休息区有人将她示范防身动作的整个过程用手机录制下来，上传至视频网站。

第二章

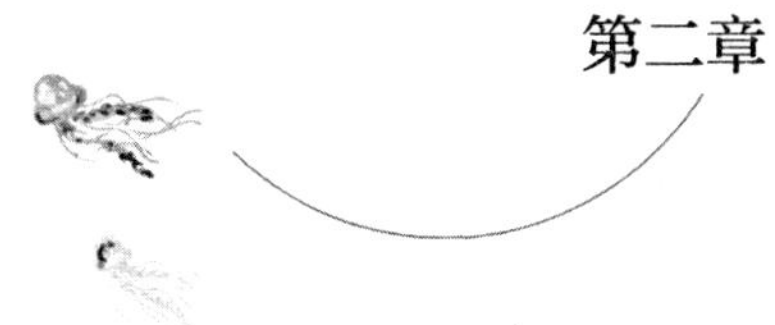

接到旧日老领导电话时，远兮正在逛书店。

她攒了长长一张书单，平时忙得脚不点地，时间化成碎片，无暇阅读。最近清闲下来，想多看看书。

“远兮。”电话里老领导的声音仍然温和醇然，像经过岁月洗礼的佳酿。

“季老师！”远兮惊喜。

她还没毕业就进电视台实习，就是当时娱乐频道节目主任季江桐觉得她是块当主持人的料子，一直悉心教导她，将她培养成一名出色的主持人。

“有没有空？赏光同我吃顿饭。”季江桐笑问。

“老师您也打趣我。”远兮无奈。

现在小圈子里传她架子大、不合群、难伺候，等传言到她耳朵里，已经辩无可辩。

“不打趣你，是真想和你吃饭，也有点事同你商量。”季江桐讲话不疾不徐，有种令人安心的感觉。

“只要是老师您找我，一定随叫随到！”

“择日不如撞日，就现在吧。”季江桐报上地址。

“我这就过去。”

远兮将手中的书放回书架，走出幽静的书店，赶赴餐厅。

餐厅坐落在一条弄堂深处，老式石库门建筑经风历雨，承载着厚重沧桑感，天井廊檐下的花盆里种着几株月季，在正午的阳光里肆意绽放。

楼下客堂间摆有两张八仙桌，季江桐已经先一步到了，正在品茶。见远兮跨过门槛进来，招手示意她随便坐。

“头发又剪短了。”季江桐放下茶杯，细细打量坐在她对面的远兮，“精神看起来倒很不错。”

远兮比一比自己头发的长度，再看看老领导数十年如一日的齐耳波波头发型：“有其师必有其徒嘛。”

季江桐摸摸耳垂，有些奇怪：“我看你脾气也还可以，并不像传闻那么乖戾。”

“您是知道我的，工作以外，我是宅女。”远兮不打算说人闲话。

季江桐摆摆手，为远兮斟茶：“尝尝看，此间老板私藏的凤凰单枞茶，清香浓醇，入口回甘，是不可多得的好茶。”

“托您的福，今天有好茶喝。”

两人等菜的工夫，季江桐问远兮：“事到如今，你有什么打算？”

浦江主持人圈子就这么大点，电视台领导更迭，新领导要带领嫡系圈地自嗨，对前任旧部明升暗降，各种打压，并不是什么新鲜事。只是这次爱徒正好撞在枪口上，季江桐心里难免有些不舒服。

她已经退休，人走茶凉，固然是常情，但她门生遍及整个浦江广播电视界，过年过节还经常受邀参加大型综艺晚会，与新老主持们同台演出，这位新台长如此不加遮掩的做法，无异于明晃晃打她的脸。

“休息，充电。”远兮耸肩。

叫她去台长那位还不到四十岁就油腻猥琐的内侄跟前伏低做小撒娇认错？

想都别想！

季江桐笑着摇摇头：“你一路走来，也实在是顺风顺水，没遇到过什么挫折，这回见识到了吧？”

远兮啜一口微苦的茶，垂睫自省片刻，复又扬睫望向老领导：“我确实幸运，一进电视台就得您亲自教导，同事也都友爱，所以没经历过什么职场阴暗的钩心斗角。但是如果时光倒流，再次面对这个局面，我大概仍会做出同样的决定。”

“你啊，像我。”季江桐感慨，“平时看起来和和气气好相处，其实骨子里死犟，倔得要命，不肯妥协。”

远兮不由得半托香腮，笑弯了眉眼：“有吗？哪儿有！”

季江桐忍不住伸出手指隔着八仙桌点一点她额头：“就会和我调皮！”

服务员这时传上菜来，中年阿姨臂力惊人，一个黑色乌木托盘里碗碗碟碟七八只，她一只手托得稳稳当当，一边上菜，一边报菜名。

“四色冷菜：凉拌黄瓜、四喜烤麸、芥末鱼皮、糖醋小排……”阿姨用一口呱啦松脆的吴语一气不歇地报上菜名，手上更是不得闲，将四只精致青釉高足梅花盏一一放在桌面上。

“红玫瑰与白玫瑰、小团圆、桂花蒸、半生缘。”服务员将余下三菜一汤一款主食也依次从托盘上取下，放在幽润干净的八仙桌上。

远兮注视着装在可嵌合拆分的青釉太极碗中的玫瑰腐乳肉与蒜泥白肉，以及另一盘什锦炒素，颇觉有趣：“都以张爱玲小说命名。”

中年阿姨笑得眼角笑纹层层叠叠：“我们小东家最近在读张爱玲，一时兴起，二位请慢用。”

服务员夹着托盘退出客堂间，给师徒二人留下私密用餐空间。

“来来来，别客气，尝尝这家私房菜做得如何！”季江桐朝坐在她对面的远兮招招手，“此间老板娘从不订立菜谱，每天从菜场采买到什么新鲜食材，就做什么菜，全凭心情。若无预约，是要吃闭门羹的。”

远兮先搛起一块蒜泥白肉，那肉没有像外头饭店那样切成薄片，而是改刀成拇指粗幼长短，肉皮煮得微微透明，夹起来连肥带瘦微微颤动，在特制的蒜泥酱料中蘸一蘸，送入口中，并不是传统白切肉那种冰冷肥腻口感，反而带着一点点将消未消的温热，肥瘦得宜，蒜香浓郁，入口即化，教人从心底里发出“嗯”一声赞叹。

“好吃吧？”季江桐笑问。

远兮大力点头，两腮鼓鼓，无暇回答。

一顿饭吃得宾主尽欢，实在吃不掉的桂花蒸糖年糕，师徒二人也不客气，一人打包一半带走。

远兮挽着老领导的手臂走出老房子，季江桐终于说起今天请爱徒吃饭的本意：“你也晓得我，退休以后闲不住，在给网络平台当顾问，他们正在筹划制作一档全新网络综艺节目，结合美食、慢生活、真人秀等多重元素。制作人是我看着成长起来的晚辈，目前刚开始召集幕后工作人员班底。你可有兴趣去试试看？”

“有。”远兮毫不犹豫。

她知道老领导说得云淡风轻，但必然是要让对方卖人情的，她若纠结迟疑，便辜负了老领导的一片苦心。

季江桐欣慰地点点头："先从助理做起来，别太考虑得失，等流程都熟悉以后，自己策划制作节目，也不是什么难事。"

"谢谢您，老师！"远兮郑重向季江桐道谢。

"傻女，谢什么谢？好好表现，别砸了老师的招牌！现在网络平台发展迅速，观众群体日益壮大，将来成就不会比在电视台差。"季江桐拍一拍远兮的手背。

她有自己的私心，不想平白让个新上位的小年轻被打脸还不声不响，也不愿意看到远兮因此被埋没。

位于浦江黄金地段的迅鹰国际大厦，因处闹市，每个工作日清晨周边都呈现拥堵状态，短短十分钟车程，常常要开半小时以上，令在此地上班的白领们叫苦不迭。大多数人都放弃驾车，选择搭乘地铁通勤。

早高峰时刻，每隔几分钟，人流如同潮水一般从地铁出口涌出，向四面八方散去。

大厦门口保安日复一日地看着他们步履匆匆，手拿早点、端着咖啡，走入摩天大楼。一切都刻板无趣，直到被一辆驶入大楼地库车道的炭黑色摩托车打破。

黑色流线车身，充满未来设计感，引擎低沉轰鸣，似一道哑黑色闪电，吸引路人的目光。

骑手套一件橄榄绿薄款水洗皮机车夹克，穿黑色牛仔裤，蹬一双短筒靴，在地下车库收费口前停下车，掀起安全头盔上的护目镜，只露出一双明澈干净的眼，等待停车场电子车牌识别系统确认摩托车后部的车牌后，车库门禁杆缓缓升起，驶入地库。

门卫对驶过的摩托车垂涎三尺，转头与同事嘀咕："等我将来有钱，也买一辆这样的摩托骑。"

"你就做做梦吧。"同事冷酷无情地戳穿他的梦想，"这辆摩托车，起价五十万，你不吃不喝攒个十年才买得起低配。”

门卫无力地转开脸。

摩托车驶入地下停车库，在一处空位上停妥。骑手下车，摘下头盔，轻轻甩一甩乌黑油亮的短发，脱下机车夹克，露出里面简约的珍珠白色真丝衬衫。

柔软垂坠的衬衫穿在她身上，与其高挑劲瘦的身材形成强烈对比。

她从摩托车右后侧悬挂的储物箱中取出黑色的包包，将脱下的机车夹克折叠好塞进包内，然后随意地将机车包挂在一边肩膀上，一手拎着头盔，搭乘电梯上三十楼。

三十楼整层楼面属于一家网络应用和视频平台公司，八点半不到，楼层已经从沉睡中苏醒过来，人来人往，井然有序。

她走向前台接待处，向接待员自报山门：“郁远兮，与吕总监约八点半见。”

前台查找预约记录后请远兮入内：“走廊到底左手第一间办公室。”

“谢谢！”远兮朝接待员点头致谢，按她指引，走向网络平台节目制作总监吕承州的办公室。

她身后，两名前台低声嘀咕。

“我没眼花吧？”

“应该没有，她自己不也说是郁远兮？”

“真人看起来比电视上瘦得多。”

“而且她本人好高啊！”

“我查一查！你掩护我！”前台接待之一取出手机，迅速搜索，“公开资料上她有一米七二！”

“实名羡慕！又高又瘦！”

又高又瘦的郁远兮此时正敲响吕承州办公室的门。

办公室内传出一道略带疲惫的声音："请进。"

远兮推门而入。

吕承州站在巨大明亮的落地玻璃窗墙前打电话，他朝进门的远兮挥挥手，示意她随意，便继续与电话那头商量：

"节目能否顺利播出在此一举，不要吝于动剪刀……我知道你对节目有要求，也知道你剪辑的片段肯定是追求最佳效果，但有时候适当妥协是为了谋求更大的生存空间……"

电话彼端大抵十分不以为然，吕承州面上浮现一丝苦笑："老刘，我要是只顾眼前利益，不管作品质量，你现在还能好好待在导演位置上？我还有客，这件事我们稍后见面再谈。"

他不待对方反驳，先一步挂断电话，转过身对已等了片刻工夫的远兮微笑："抱歉让你久等了。你好，我是吕承州。"

"你好，郁远兮。"

吕承州点点头："喝不喝咖啡？"

"好的，谢谢！"远兮没有拒绝。照面的一刹那，她清楚看见他眼底的红血丝，像是几天未曾好好睡觉。

吕承州呼叫秘书送咖啡进来，又伸手从额头往后撸一撸头发。

他四十不到，中等身材，穿浅蓝色埃及棉衬衫搭配休闲裤，脚上穿一双旧年曾一度风靡时尚界的黑色乐福鞋，算不上英俊，但自有一种成熟稳重的气息。

在远兮观察他的时候，他也在观察远兮。

吕承州从浦江戏剧学院主持人班毕业，是科班出身的主持人，出道比远兮早好几年，曾是季江桐的得意门生之一，可惜一直没能进电视台编制。他心高气傲，觉得自己能力强，待遇却没有几个编制内的主持人好，在人气最旺的时候，妄议了领导几句，被有心人听见，传到领导耳朵里，遭到冷藏。他一气之下，出走电视台，到当时方兴未艾的网络视频平台。五六年时间，他所在的视频播出平台已经由最初的仅供发布视频的流媒体网站，快速茁壮成长为国内一流的集网络电影、电视剧和网络综艺节目制作、播出于一体的大型网络视频网站。

他离开电视台那年，远兮刚刚进电视台实习，两人缘悭一面，这还是他们第一次面对面。

郁远兮比他以为的要高得多，大抵是平时录制节目她总穿平底鞋迁就几位比她个子矮不得不穿高跟鞋的女主持人之故。她瘦而不弱，一头浓密乌黑修剪得层次利落的短发，以素面示人，朗眉星目，鼻梁挺直，微微丰润的唇柔和了她棱角分明的脸庞。

她美得很有质感。

吕承州想起老师季江桐在电话里对郁远兮的评价："业务能力一流，但不擅溜须拍马，某种角度而言，像当年的你。"

这段话，恰恰击中他内心最隐秘的角落，令他对未曾一见的郁远兮，生出一份惺惺相惜的感觉。

此时此刻，与郁远兮面对面，工作多年阅人无数的吕承州也不得不承认，老师的评语，真是再中肯不过。

眼前的年轻女郎，即便经受了不公平的对待，可眼里仍透出倔强的光，哪怕明知道她此来是为争取一份工作机会，也不愿意放软身段，做出娇滴滴的样子。

"目前网络平台制作综艺节目有诸多限制，多项新规的出台，打得我们措手不及，不少节目无法按计划播出，颇多筹备中的项目也不得不暂时搁置。"吕承州开门见山。

远兮凝神聆听，并不急于表达。

"囿于新规所限，我想启用全新班底，打造一档前所未有形态的网络综艺节目。"吕承州从办公椅中站起身来，绕过办公桌，半坐在办公桌一角，取过秘书送进来的咖啡，猛灌一大口，"其中存在一定风险，很可能节目无法播出，或者后期播出收视率低迷。你能承受从高高在上受人追捧的主持人到跑前跑后却可能无人问津的节目助理的心理落差吗？”

吕承州问得直截了当。他见过太多从风光无限的高处跌落尘埃的艺人，他们自此一蹶不振，淡出大众视线。有人试图重回巅峰，却在泥沼里越陷越深，有人在舆论的狂欢中被摧毁，付出生命的代价。

远兮起身，目光朗然平静：“主持人也好，助理也好，都是工作。我会做好自己的工作。”

“即使薪水远不如做主持人时高？”

“是的。”

吕承州站直身体，向远兮伸出手：“欢迎加入我们的大家庭！”

两只坚定的手握在一处，两人相对微笑。

吕承州随后递给远兮一个地址：“明早八点半准时到这里开工。”

“好。”远兮没有任何多余疑问。

远兮告辞离去，秘书送进来的咖啡她喝了一半，杯子放在一旁茶几上，两颗方糖静静留在放着描金边骨瓷咖啡杯的托盘上。

是个能吃苦的人，吕承州摸摸下巴想，随后拿起自己那杯不添加任何修饰的黑咖啡一仰而尽，咂咂嘴里那股涩且酸的苦味，拿起办公桌上的电话听筒，拨打熟烂于心的电话号码。

“老许，场地改造进行得如何？”

“你自己过来看看不就晓得了？”接电话的老许声音里带着些许无奈，“你明知道我口拙。”

“越是口拙越要多讲讲嘛！”吕承州嘿嘿笑，“对了，节目组有新来的助理明天要过去，姓郁，文采郁郁的郁，没有门卡，记得提醒看门的老杨放她进去，以免误伤自己人。”

“老杨又不是什么洪水猛兽。”老许失笑，“知道你爱护员工，我会关照老杨。不同你啰唆，我还要干活，再见！”

老许果断结束通话，吕承州盯住手中的电话筒长久，随后摇摇头，将听筒放回基座上。

他起身伸展手脚，缓解到首都交涉处理节目再次被延期播出的事宜后坐红眼航班赶回来造成的身体疲累感。

翻腕看一眼手表，吕承州抓过挂在衣架上的外套，走出办公室，准备去见因全身心投入节目摄制却屡遭延后播出而情绪暴躁的导演，恰好经过前台，见两名前台接待头碰头，脸几乎要钻进手机屏幕里去，两人身后还围着其他几名公司职员，忍不住敲敲接待处台板：“什么东西这么好看？”

几人倏忽一惊，其中一名前台接待捧着的手机“啪嗒”一下扣在台面上。

“拿来。”吕承州伸出手。

接待员心不甘情不愿地将手机交给他，吕承州看见一段已经播放完，处于黑屏状态，上面一个逆时针箭头示意重新播放的视频，标题吊胃口地悬着几个字：

著名女主持人遇见歹徒，她竟然……

观看记录已经达到空前的一千万人次。

吕承州看一眼视频来源，是发布在他们公司的网站上的，遂点击重新播放。

短短一段不到一分钟时长的视频，由于手机拍摄，镜头有些晃动，在上传过程中视频经过压缩，画质显得些微模糊，但仍能一眼看出画面当中正从健壮男子控制中脱身的“著名女主持人”不是别人，分明是刚刚离开他办公室没多久的郁远兮。

视频中的她别有一种英姿飒爽的美，动作一气呵成，毫不拖泥带水，让人目不转睛，不由得发出“好帅”的感叹。

吕承先看完视频，将手机还给前台接待：“现在毕竟是上班时间，娱乐放在业余时间。都回自己工作岗位去，下不为例。”

众人顿时做鸟兽散。

吕承州双手插在裤袋中走进电梯，当电梯门合拢的刹那，他心情愉悦地吹起口哨。虽然郁远兮是季老师推荐的人选，他要卖老师这个人情，但看到她的表现，他想，她或许会为新节目带来意外之喜。

远兮推开家门的一刹那，就知道母亲回来了。

祖宾·梅塔指挥，祖克曼、斯特恩、明茨和帕尔曼共同演绎的《四季》的优美旋律飘荡在室内，空气中一缕若有似无的桂花香萦绕鼻端，将室内的冷硬冷清化为一派柔和。

远兮将摩托车头盔和背包一股脑塞进门旁的壁柜里，扬声叫道：“妈！”

郁母手捧插有一枝开得金灿灿的桂花的花瓶，从厨房出来，迎上女儿笑盈盈的脸，心细如发的陶穆微微挑眉。

“今天不用上班？”

陶穆在特殊教育学校任教三十年，早已在同特殊学童的相处过程当中，学会从细节中发现蛛丝马迹。此时见女儿不到中午，一身摩托车车手打扮从外头回来，便察觉事情有异。

别看女儿从事一项同演艺搭界的工作，但由于从小随她爸爸在拳房里出入，骨子里活脱脱是一个淘气小子。少时看拳房的叔伯里有人骑摩托，简直两眼放光，高中毕业用自己打工攒的钱交了学费，学会骑摩托。她爸还纵容她，给她买了人生中第一辆雅马哈摩托车，乐呵呵地坐在女儿后面由她载着四处兜风。

不过这些年她却极少骑摩托车外出，偶尔问起，她只笑一笑，说不想太引人瞩目。

好几年不想引人瞩目的女儿忽然又穿上机车夹克，让她像解甲归田的斗士，重新披挂上阵的感觉。

远兮自知瞒不过母亲，也无意隐瞒。她换好拖鞋，三两步扑到母亲跟前，伸长手臂搂住母亲微微有点发福的腰：“我换了工作！”

陶穆侧头拉开些距离，仔细端详女儿：“受委屈了？”

远兮摇摇头，将一边面孔靠在母亲肩膀上，不让她看见她眼里那一点点水光。

陶穆拍一拍女儿的手背：“去，把安全头盔和包放好，中午我们去外面吃饭。”

远兮失笑。母亲嫁给父亲近三十年，因父亲烧得一手好菜，又从来不信奉君子远庖厨那套东方教条，所以买菜烧饭的工作一向由父亲负责，母亲始终没学会烧饭做菜。

说出去不晓得羡煞多少主妇。

“你刚回家，先休息，我来做饭。”远兮抬头，与母亲香面孔（吻脸颊），“名师出高徒，保证不比爸爸做得差！”

说罢脱下机车夹克，往身边餐椅椅背上一搭，进房间脱下真丝衬衫，换上灰色家居服，进厨房去了。

远兮做了一大盘葱油拌面，搭配日式蛋卷和水果蔬菜沙拉，陶穆将女儿做的午餐拍照上传至家庭群，配文：兮兮做的爱心午餐。

不多会儿工夫，群里祖父祖母、外公外婆纷纷发图点赞，郁侑庭上传一张单位食堂工作餐的图片，下书：我也想吃爱心午餐！

饭后洗完碗，远兮才想起去壁橱的机车包里取出自己的手机，待看见家庭群里父母长辈之间热闹的互动，唇边露出由衷微笑。

第三章

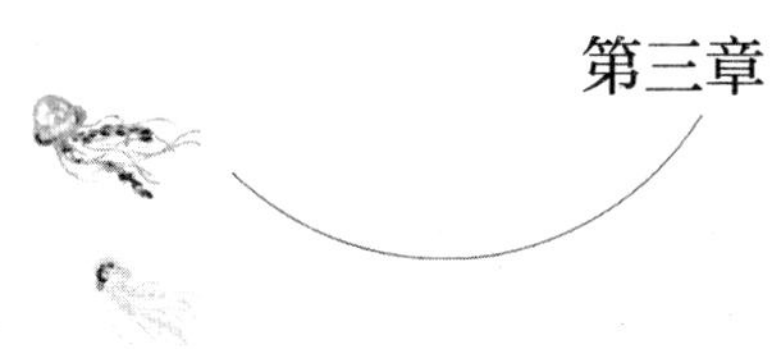

雨后乡间小路，路基两旁种植的水杉枝条伸展，树叶茂密，形成一条浓绿色走廊。秋风渐起，些许叶尖已被冷露浸染成淡淡红色。清晨的阳光穿透厚重云层的缝隙洒下来，透过枝丫与树叶，落在潮湿的地面上，形成斑驳光影。

空气中混合着水汽与青草的味道，沁人心脾。

小路一侧有一大片顶棚保温板可自动开合的联栋智能温室，冷冷的银色钢骨架结构为乡间渲染上一层后现代主义色彩。

远兮骑着摩托车驶过这样的小路，根据耳机里地图导航中喜剧演员富有个人特色的语音提示，停在一条岔道前。

岔道口竖立一块喷涂着门牌号码的箭头指示牌，并且画有简单的路线图。

认准通往目的地的路线；远兮启动摩托车，引擎低沉的声音惊起几只早起觅食的白鹭，扑棱棱振翅飞远。

摩托车沿着岔路一直向前，道路一侧的智能温室与另一侧绵延望不到尽头的稻田相映成趣。

远兮畅通无阻地骑行五分钟后，按指示右转，终于来到她此行的目的地。

两扇黑沉沉、看起来有些年头的雕花铸铁大门矗立在两条车道宽的乡间水泥路尽头。铁门上的角门开着，门房里有人在大声讲话。

远兮下车推行，将摩托车推进门内。前后轮胎轧过角门下的铸铁门框，发出“哐啷哐啷”的声响，惊动门卫。

门卫从门房窗口探出头来，大声嚷嚷：“谁？！”

远兮一眼看见门卫半边脸上凹凸不平纠结的皮肉一直从头顶延伸到颈部，直至被衣领遮挡，上头没有一点毛发，一只眼睛深陷在凸起的疤痕间，对视觉造成不小的冲击。

“郁远兮，今天来摄制组报到。”远兮掀起头盔上的护目镜，自报山门，将那一眼的错愕迅速压下。

“你说什么？！”门卫一手拢在另一边完好无损的耳朵旁，高声问。

“是客人，我带她过去！”另一道略显低沉的男中音提高音量。

“哦，好！”门卫缩回头去。

自门房里走出个年轻农夫来，他身材高大健硕，戴一顶旧竹斗笠，穿洗得布料透光的棉T恤，脖子上挂一条白毛巾，套一条裤脚挽到膝盖上的卡其裤，露出健康的小麦色皮肤，小腿上沾着不少泥浆草叶，赤脚趿拉一双在农贸市场杂货摊上随处可见的便宜拖鞋，一手扛一把锄头，整个人透出一种与田园和谐融洽的朴实健美。

“谢谢。”远兮向他点头致谢。

“许凌昀。”年轻农夫一手在垂在胸口的毛巾上抹了两把，随后朝远兮伸出手。

“郁远兮。”

许凌昀与远兮握手，斗笠下一双眼带着赞叹地打量她的摩托车：“水平对置双缸发动机，一百二十五马力输出，电子启动，单键切换骑乘模式，自动巡航？”

听出他语气中的热切，远兮让出一侧车把，摘下头盔，一手递给他：“要不要试试？”

许凌昀垂眼看看自己腿上沾着的泥浆，微笑摇头：“谢谢，以后有机会吧。”

远兮也不强求，只推着摩托车，跟在他身边。

“拍摄场地还在搭建当中，场地比较杂乱。”许凌昀一伸手，在前引路，“我们农庄的员工活动中心目前暂时充当节目组的办公室，位置离正门有点远。”

“节目组来拍摄，是否会影响农庄的正常运营？”远兮出于职业本能，问。

许凌昀先是一愣，随即笑起来，露出一口洁白整齐的牙齿：“不会，不会。节目的拍摄场地主要集中在由旧谷仓改建的室内录影棚和一部分共享田园，不会对农庄的日常耕作造成什么太大影响。”

共享田园？远兮扬睫望向许凌昀。

“农庄里留了几亩地出租给客人，供他们自行耕种作物和养殖家畜家禽，如果客人平时比较忙无暇照顾，也可以由我们代为打理。”他向远兮做出解释，“有些客人颇有恒心。”

在繁忙都市的水泥森林中努力工作拼搏，却又万分向往悠闲惬意的田园生活，人真是充满矛盾的生物，远兮想。

步行大约二十分钟，绕过碧浪绵迭的稻田，穿过一片果实累累的树林，途经两座晨烟袅袅的农舍，许凌昀终于将远兮领到员工活动中心前。

“前面就是，祝你在农庄工作生活愉快！”许凌昀朝远兮挥挥手，扛着锄头转身往来时的路大步行去。

远兮放下摩托车脚撑，回眸注视他宽肩劲腰窄臀的背影。

是个表面看起来粗犷，不修边幅，但其实心细如发的人，远兮有种直觉，他特意放慢脚步，以配合她推摩托车前行的速度。

是时，手腕上的智能手表发出铃音，提示她时间已至八点二十五分，而她约好八点半见工。远兮收拾起一切与工作无关的心绪，深吸一口气，挺直脊背，走向隐隐传来人声的员工活动中心。

推开活动中心的门，底层大厅里摆着几张桌子，上头摆满电脑、摄影器材和图纸之类的物品，几个人凑在一张长桌前，不知在讨论什么，大约意见相左，正面红耳赤地争执。

“保持谷仓原有面貌，才更能体现出我们节目都市田园真人选秀的特色！”大胡子男拍桌，嗓门洪亮得在室内荡起回声。

“你自己都强调是都市田园，当然要与真正郊野乡村有所不同。”扎辫子男坚持己见，“要让观众一眼就分辨得出！”

“那我不会租市中心五星级酒店？！”大胡子吹胡子瞪眼。

“五星级酒店租金太贵，你租不起。”小辫子抬手吹了吹自己的指甲。

站在两人身旁的光头男聪明地保持沉默。

大胡子一噎，恰巧抬眼看见刚进门的远兮，一招手：“你！你来评评理！”

远兮哑然失笑，制作人如此任性，真的不要紧吗?

是，远兮进门第一眼就已认出大胡子是业界知名综艺节目制作人李厚时。

李先生原本在著名卫星电视频道担任综艺节目制作人，曾制作多档红极一时的歌唱选秀节目。后来由于各方面原因，几档节目相继停播，他与电视台合约到期，索性自立山门，成立制作公司，独立运作节目制作拍摄，成功策划推出几档至今收视居高不下的真人秀，分了综艺节目制播分离的第一杯羹，自此一发而不可收。

远兮走向长桌，绕过长桌一端，走到争执不下的两个大男人身后，两人一左一右让出些空间来，将面前的电脑显示器展示出来。

屏幕上是建筑室内效果图，高挑坡顶下是巨大如同篮球场馆的空间，一侧有木质楼梯向上至二楼，楼上尚有几个存放粮食谷物的老式木桶，非常老旧朴实，而对面一侧则是完全现代化的设计，房顶下方数个大型旋转通风扇，墙边一溜不锈钢储物柜、电器陈列柜……如同一家大型超市。在中间空地上，布置有一排排石板桌，足有十几排之多，场面非常宏大。

“再看看这张效果图！”小辫子将笔记本电脑拖至电脑显示器前，遮住大胡子李先生属意的那张效果图。

小辫子极力主张的精致极简主义设计透出一种冷淡，嵌合在墙面内的储物格形成一种蜂巢视觉效果，成排磨砂面金属长桌夹带着浓重的后现代主义风格，教人仿佛置身科幻电影场景。

“所以，这是一档美食节目？”远兮问。

“老吕那厮，竟然没有告诉你这是一档什么性质的节目，就把你推荐来？”大胡子夸张地指一指远兮，“你也不问一问，就这么来了？！”

他自然是认得郁远兮的。

远兮并不讳言：“下岗待业人员，吕老师肯给我机会，我哪里会挑三拣四？”

李厚时摸着浓密张扬的胡髭笑起来：“老吕只说给我找了一名能干的助理，今天来报到，没想到是你。来也来了，先替我和文森特做个裁判。”

“论视觉冲击效果，李老师更胜一筹。”远兮言简意赅。

“哈！”大胡子一拍手掌，朝小辫子得意地一笑，“我说什么来着？”又转身拍拍始终保持沉默的光头，“就按我说的，抓紧改造。”

光头颔首，丢给远兮一个“辛苦你”的眼神，大步流星离开员工活动中心。

“那是置景导演宋岭辉。”李厚时向远兮做简单介绍，“这是美术指导、造型总监文森特·马。”

“马老师，您好！久仰大名。”远兮与文森特握手。

文森特·马是大胡子的综艺节目御用美术指导和造型总监，传说般的存在，两人是业界黄金搭档。

“刚才没吓到你吧？”文森特说话慢条斯理，全无先前与大胡子针锋相对时的尖锐，“以后你会经常看到我们吵架，下一次记得要支持我哦！”

“她是我的助理，自然要站在我这一边！”大胡子得意。

远兮啼笑皆非，你们是小孩子吗？

“走，我们先去找后勤，把你的员工证办妥，方便出入。”大胡子李先生挥手在前头带路。他有种天然的雷厉风行的气势，“文森特，你看看小郁的造型，是否需要改进？”

一身亮紫色窄身西服套装配粉色衬衫和袜子的文森特，边走边围着远兮转了一圈，伸出双手拇指食指比画成相框模样，透过手指框架从头到脚细细看了远兮一遍：“作为助理，不上镜的话，她这身造型再利落不过！即便上镜，也远超平均线。”

远兮朝他点头微笑。能得到著名美术指导和造型总监的认可，是她的荣幸。

“这里有一份名单，你按地址上门递送参赛入围通知书。”办理完员工证，李厚时摸摸胡子，关照远兮，“摄制组与你同行，记录选手在接到入围通知时的表现。”

对于自己如此快便要进入工作状态，远兮没有任何疑问，甚至隐隐有些期待。

远兮此来早有心理准备，不管这份工作多苦多累、多无足轻重，她都憋着一口气要把它做好，做到无可取代。

远兮走出员工活动中心。

活动中心半隐半露在一片浓密的竹林中，门前空地上立着两个篮球架，靠近竹林那头，篮架的有机玻璃篮板上沾着细细密密的雨珠，晨光越过树林树梢，点点金光将透明篮板后的竹叶倒映其中，每一滴水珠都自成一个世界。

远兮看着此景，内心坚定：从今天开始，我也要努力面对一个全然陌生的新世界。

在她身后，李厚时半眯着眼，注视年轻女郎挺拔的背影，若有所思。

“你说，以你这暴脾气，她能在助理岗位上撑多久？”文森特拿肩膀撞撞他。

“应该能撑过半年……吧？”李厚时不太确定。

毕竟从原本受人追捧、收入颇丰的电视台当家女主持，到给网络综艺节目当谁都能吆喝一句的助理，落差不小。

“就你这急起来喉咙山响，平时说话都像吵架的样子，我怀疑她撑不过三个月。”文森特挑眉睨了大胡子一眼。

大胡子浓眉一竖：“我是那么凶的人吗？”

“要不要赌一把？”

“赌什么？！”

“我那件松竹玉山子！”

“赌了！”大胡子气势如虹，“我赌我那尊铜镏金老子坐像！”

“一言为定，不得反悔！”文森特与他击掌。

李厚时将一缕胡子卷在手指上扯了扯：“忽然很期待她未来的表现，怎么办？”

许凌昀将锄头放回工具棚，返身走到工棚外头，拉过挂在墙上的橡皮管，拧开水龙头，用水柱冲洗沾满泥浆草叶的小腿，一歇歇工夫就将小腿冲洗得干干净净。

关上水龙头，他抽下挂在脖颈上的毛巾，擦干小腿上的水，放下裤脚，又将毛巾挂回脖子上，这才慢悠悠往农庄去。

一进农舍底楼大堂，就有年轻女孩从前台探出身来："许大哥这么早从哪里回来？"

许凌昀摘下头上斗笠，顺手挂在门旁挂钩上："我去看看新移栽的柿子树。"

"许大哥辛苦了。"女孩半趴在高台上，"昨天陪施工队查看管线到十点多，今天又起个大早。虽然能看见许多明星，但想想要增加许大哥你这么多工作量，又不希望他们来我们这里拍摄。"

女孩声音里不自觉地带着些许埋怨。

许凌昀闻言笑起来："节目组不但付我们场地使用费，无偿替我们改造废旧谷仓，还能在节目中替我们免费宣传，如此三全其美的好事，何乐而不为？"

女孩张张嘴，竟有些无言以对。

这时后头值班室里转出一名女郎，一束长发绾在脑后，用黑色纱网罩着，穿白衬衫、黑色一步裙，十分干练的模样。她伸手轻轻揪住女孩的马尾辫，将其从前台上拽下来，轻嗔："站直了，好好说话！"

"董晴姐……"女孩被直属上司抓个正着，有些怯怯的。

"这是昨天营业的票据？"许凌昀问。

"对。昨晚有三桌给老人贺寿的席面，开了几瓶酒。"董晴被转移注意力，扬一扬手中一沓票据，"餐饮部生意兴隆。"

"谷仓那边正在抓紧改造，要辛苦你居中多多协调，切勿影响客人休息和活动。”许凌昀引着董晴往自己的办公室走去，一手在身后朝前台方向挥了挥。

女孩吐吐舌头，双手合在胸前，松了口气。

许凌昀与董晴走出老远，董晴才轻笑：“你总袒护放纵小白，她将来到社会上去，是要吃亏的。”

“至少在这里，她是快乐的。”许凌昀没有否认。

“所以我这么多年一直死心塌地为你工作。”董晴挑眉。

“难道不是因为我给的工资高？”许凌昀一手捂心，做意外状。

董晴哈哈笑起来，拿厚厚的一沓票据拍打他的手臂：“看穿请不要说穿！”

走廊里传来两人的笑声，雨后阳光突破云层，透过落地玻璃窗洒了进来，一切都晴朗美好。

汽车陷在早高峰还未结束的地面车阵当中，久久才动一动。

司机老郑半降下车窗，左臂搭在窗沿上，手里拿着打火机，不断抖开打火机盖子，再“啪嗒”一声盖上，不时以眼角余光，悄悄观察郁远兮。

老郑其实年纪不大，还不到四十岁，因在李厚时手下干活颇有年头。李大胡子身边的助理来来去去换了不下十个，他都还在大胡子的剧组里，后来的工作人员，便客客气气叫他一声“老郑”。

他是见识过大胡子的工作状态的，雷厉风行、态度强硬，又心思莫测，心理承受能力稍差一些的，在他令行禁止的行事风格下很难挨得过三个月。

譬如眼下，外地入围选手的通知早几天已经快递发出，而本地入围选手的通知大可以像以前几档选秀节目一样，由随行导演递送，摄像师只需拍摄随行导演的手部和选手接获通知时的反应即可。但这次大胡子偏叫新来的助理前去派送，还偷偷叮嘱随行导演多拍一些助理与选手之间互动的镜头。

倒像是有意为难郁远兮。

不过老郑深知自己在李大胡子节目组里能干这么久，就是因为他不多话、口风紧，晓得什么话当说，什么话不能说。所以当远兮将文件袋上的地址给他看，交代他按照他对市内道路的了解，合理选择派送路线时，他只是点点头，并没有出言提醒远兮。

老郑当然也认得郁远兮。本城不少音乐盛会和大型文艺演出，都有她主持的身影，台风稳健，讲一口流利英语，对待受访嘉宾态度不卑不亢，他家里十二岁女儿最喜欢看她的音乐访谈节目。

老郑觉得自己在摄制组也算得上元老了，见过何止一两个大红大紫的艺人，堪称阅人无数，此时此刻却有点看不懂郁远兮。

后座上摄像师和录音师低声交谈，随行导演压着嗓门在打电话，没人搭理远兮。

副驾驶座上的远兮对无人理会的现状并不十分在意，只微微垂头，查看手中入围选手名单。

她来得匆忙，大胡子李厚时布置的任务十分突然，并未给她适应新工作的充分时间。幸好这几年主持人工作令她有不少应对临时变故的经验，不至于手忙脚乱。

这份名单不长，总共只九个名字，后头附有地址电话，贴在一个大牛皮纸文件袋封面上。文件袋封口向下，以棉线缠绕住圆形纸扣。

远兮轻轻解开棉线，撑开文件袋口，往里看了一眼。里头是一沓信封。她随意取出一个，洁白信封左上角以绿色花体印着“成长吧，厨娘”五个字，信封正中间则印有“入围通知”，旁边手写着入围者的姓名。

远兮的视线在“成长吧，厨娘”五个字上停留略久。看名字，像是一档成长类厨艺真人秀，但要想在美食节目层出不穷的现今脱颖而出，大胡子应该不只是要让美少女们下厨烧菜这么简单。

她侧头望向车窗外挨挨挤挤的车流，心里琢磨大胡子派自己送入围通知的用意。

老郑选择的第一个派送地址与录制节目的农庄相距不远，汽车驶出外环高速拥堵路段，转入一片老城厢。

高高低低的私宅户主大部分已经搬离，沿街搭建的违章建筑原本出租出去，开了不少汽修店、小餐馆和烟酒店，如今多已关门歇业，墙壁上用红漆刷着大大的“拆”字，不愿离开老房子的老人们各自掇一把椅子，三三两两闲坐路边聊天，偶尔有田园犬从一侧蹿出来，慢慢悠悠地穿过小马路，跑进另一头的巷弄里。

一天之中最有朝气的时刻，这片老城厢却透着浓得化不开的萧条冷清。

老郑将车停在一条幽深曲折的弄堂前，对远兮解释：“就在里面，弄堂实在太窄，车子开不进去。”

远兮朝老郑微笑：“就这点路，走进去吧。”

她按照地址将写有入围选手姓名的信封塞进机车包，推门下车。

摄像师扛着摄影器材也跟着下了车，录音师在他身后，取出无线领夹话筒，凑近远兮，替她夹在领口。

“曹老师，听得清吗？”远兮配合录音师，测试收音效果。

录音师曹哥竖起大拇指。

跟拍导演这时才收起电话，交代远兮：“派送入围通知时，随便说几句鼓励的话，调动一下入围选手的情绪。”

摄像师朝远兮做一个“OK”的手势，远兮深吸一口气，将所有疑惑与未知抛在脑后：“走吧。”

深长的弄堂青砖铺地，人来人往走得多了，青砖地面被踩得光滑如镜。两旁本地人建的私宅一栋与一栋之间靠得极近，从一家的门窗，能望进对面人家的房间里去。

楼上的人家趁雨收雾散，太阳破云而出的这点宝贵时间，将洗好的衣物穿在竹竿上，从窗口挑出来晾晒。走在弄堂里的人只消稍稍抬头，就能看见花花绿绿的衣服、床单悬挂在半空中，随风轻轻摆动的情景。

远兮不知道住在这里的乔笑绵会是怎样一个人，大胡子没有给她任何关于选手的资料，她只好靠直觉行事。

修长劲瘦的远兮与扛着摄像机跟在她身后的摄像师，在勉强能容得下两个人并肩的小弄堂里前行，很快便引起两旁私房内居民的注意，有人倚在楼上半开半合的窗前，一边还不忘招呼左邻右舍："快来看啊！好像在拍电视！"

更有好奇小童索性跟在摄像师身旁，试图引起他的注意，不远处坐着几个警惕的老人家。

远兮就在这样的围观下，敲响乔笑绵家洞开的大门。

乔家是一栋典型的老城厢自建住宅，门内小小一方天井，可以一眼看到里头客堂间。天井当中停着两辆助动车，正在充电。客堂间里摆了一桌麻将，四个中年妇女麻局正酣，空气中隐隐有煎炸食物的香气。

听见远兮敲门问"乔笑绵在家吗"，其中一个玉米烫爆炸头的中年阿姨扭头朝后头扬声喊："笑笑，有人寻你！"

"哎！来了，来了！"女孩子软软糯糯的吴音远远传来。

不多久，伴着踢踢踏踏的脚步声，趿拉着拖鞋的年轻女生从客堂间里跑出来。待她跑得近了，饶是采访过众多艺人见惯了美人的远兮，都不由得为之感叹：实在是陋室明娟！

乔笑绵扎两条麻花辫，乌黑头发衬得她面孔雪白，一双乌溜溜的大眼睛灵动活泼，微微上翘的鼻尖和红润饱满的嘴唇，哪怕只穿一件带破洞的宽大过膝长T恤，配洗得发白的牛仔裤，也丝毫不减她身上可爱的青春气息。

远兮伸手到机车包里取入围通知，走近门边的乔笑绵一双大眼睛慢慢瞪直，双手猛地捂住嘴，在喉咙里发出一连串压抑过的尖叫。

“啊啊啊啊啊啊啊啊！郁远兮？！我不是在做梦吧？”

“乔笑绵？”远兮向她确认身份，声音里忍不住带了一点点笑。

“嗯！”女孩大力点头。

“恭喜！成为《成长吧，厨娘》节目的入围选手。”远兮双手递上印有节目标志的信封，“期待你在节目中的出色表现，加油！”

乔笑绵先是一愣，过了两秒，才恍然大悟，赶紧将手在衣服上来回蹭了蹭，伸出双手接过信封，眼睛里透出亮光：“我入围了！”

远兮微笑点头：“是，你入围了。”

乔笑绵看看远兮和摄像师，又垂眼望向手中的信封，忽然将信封合在手心里，捣住胸口，亮开嗓子对在客堂间里搓麻将的爆炸头中年妇女高喊：“婶婶！我通过海选了！我入围了！”

原本对门口动静并不十分在意的爆炸头听了，忙不迭丢开牌局，走出客堂间，凑到乔笑绵身后，探手抽走被她合在掌心里的信封，一把撕开封口，抽出里头的通知书。

“请于……到……生态农庄报到……参加节目录制。”爆炸头断断续续念了两句，文着青色眼线的眼睛一红，胡乱将信纸和信封往乔笑绵手里一推，“入围是好事！你能有出息，我也对得起你爸爸妈妈了！”

说罢，肥厚的手掌往乔笑绵肩膀上一拍，又回去继续搓麻将，隐约能听见几个牌友恭喜她把外甥女培养出来了云云。

远兮打算就此告辞，乔笑绵却出声挽留。

“郁、郁姐姐！”她带着些忐忑地恳求，“请等一下，就一会儿，行吗？”

远兮看摄像师一眼，摄像师微微点头。

“我马上就回来！”乔笑绵转身就往里跑，两条麻花辫几乎要飞起来。片刻工夫她返了回来，手里多出两个油纸袋。

她有点腼腆地将纸袋递到远兮跟前，大眼睛里满是希冀：“这是我自己做的点心，请你和摄像大哥尝尝看！”

远兮接过两个沉甸甸，透着热气，还有些烫手的油纸袋：“谢谢！”

与乔笑绵道别后，远兮捧着两个纸袋往回走，身后传来乔家左邻右舍七嘴八舌的打听与恭喜。

返回停在弄堂口的汽车上，远兮打开纸袋一瞧，不由得露出会心微笑，问同来的跟拍组诸人：“选手送的油墩子，大家一起尝尝吧？”

油纸袋的封口一打开，油炸食物的香味便扑鼻而来，引得众人食指大动，纷纷点头。

一枚枚油墩子做得才婴儿拳头大小，表皮炸得金黄香酥，一口咬下去听得见脆响，内里的萝卜丝绵软甜糯，细细咀嚼，还能吃到鲜香的开洋粒和香菜末。

司机老郑三两口风卷残云似的吃光一个油墩子，意犹未尽地吮吮手指，感叹道：“有点我小时候的味道。”他一脸怀念，“以前读书时，没多少零用钱，放学口袋里顶多有几个铅角子，有钱的同学吃里脊肉，我只买得起五角钱一个的油墩子。男孩子正长身体，一只吃不饱，起码要吃两只。”

录音师曹哥自裤袋中摸出一包餐巾纸，胡乱抽出一张来抹抹嘴，打趣老郑：“你至少还吃得起油墩子，我比你穷。一到放学时候，学校门口就有阿婆用小车推着煤球炉卖五香茶叶蛋和兰花豆腐干，人家都吃茶叶蛋，我只吃得起三角一串的豆腐干。”

摄像师听得直笑：“你俩比我幸福，至少还有的吃。我小时候在老家上学，学校门口连家小超市都没有，更别提什么油墩子、茶叶蛋了。走出一里地去才能看见一家杂货铺，一角钱一小包粽子糖，两角钱小小一塑料袋五六枚香草烤扁橄榄，便宜吧？这么便宜我都舍不得买，一张两角钱纸币我能在口袋里捏整整一个星期……”

随行导演楼之铭拿肩膀顶顶曹哥和摄影师：“怎么忽然开起忆苦思甜大会来？”

曹哥勾住摄影师肩膀：“以前生活条件没现在好，日子过得紧巴巴，可如今不愁吃穿，却忍不住怀念旧时光里三角钱一串的兰花豆腐干。”

老郑用拳头半捣住口鼻轻咳两声：“楼老师，时间有限。”

“对对，抓紧时间，我们路上慢慢聊！”楼导拍拍两人后背。

司机老郑发动汽车的工夫，远兮将另一个油纸袋递给后排的楼导：“这是选手做的另一袋点心。如果所有入围选手厨艺与此相当，估计一季节目做下来，想控制体重有难度。”

楼导接过油纸袋，打开一看，不由得展示给其他人看：“椒盐龙头鳑！这种鱼以前菜场里都没人买，全挑出来和小杂鱼放在一边，家母会在鱼摊老板处花三两块钱通通收罗来，洗净沥干，薄盐腌制，再裹一层面浆，在油锅里炸得金黄酥脆，上桌时撒一撮椒盐。我放学回家，在楼下隔得老远便能闻见香味。工作以后在餐厅也吃过不少椒盐龙头鳑，但不晓得是配料原因还是烹饪关系，总有一股快餐店油炸食品的味道。但这袋不一样！”

远兮半靠在车窗上，嘴角带笑。

食物拉近人与人的距离，连看起来不苟言笑的楼导都因一袋小炸鱼而打开了话匣子。

远兮望向窗外老城厢斑驳的建筑外墙，回忆属于她的童年味道。

她的童年，是一块色彩斑斓的翻糖蛋糕，充满甜蜜和柔软。

父母忙于工作，接送她的任务便落在外公、外婆身上。每天早晨外公骑脚踏车将她送到两站路外的小学去，会在半路停一停，到一家老字号糕点店买早点。有时是底脆多汁的鲜肉锅贴，有时是皮薄馅饱的虾肉小笼，必定要给她搭配一袋用热水泡过的光明牌可可牛奶。

外公在前头笃悠悠骑着脚踏车前行，她坐在脚踏车后座上，捧着小不锈钢饭盒吃一路点心。等外公骑到学校门口，她的早点也正好吃完，三两口把一包可可牛奶喝光，在外公慈爱的注视中跑进学校去。

待下午放学，外婆早翘首以盼地等在学校门口，第一件事是先接过她沉重无比的书包，放在拖行李用的小拖车上，然后递上一瓶用小奶糕镬子加热过的鲜牛奶，笑眯眯地问她："宝宝今天学校里上了什么课？听不听得懂？作业多不多？有什么开心事？"

祖孙俩就这么一路说一路讲，中间外婆必定也要去老字号买橘红糕或者奶油小方给她当下午点心。

一块奶油蛋糕才半个巴掌大，上头裱一层厚厚的鲜奶油，奶油花芯用一枚嫣红的糖水樱桃点缀，看起鲜艳欲滴。一口咬下去，细腻甜蜜的鲜奶油在唇舌间迅速化开，像咬在一朵蓬松的云上，底下绵密的蛋糕使人为之叹息。

"好吃！"每次她嘴唇四周都会沾上一层白色奶油，仿佛一圈白胡子。

"垫垫肚皮，才有力气做作业。"外婆总会摸着她的头顶，笑呵呵地对她说。

所以当能吃能睡没烦恼的她隐隐有变成小胖子的趋势时，父亲提出每周三天带她去拳房锻炼身体，并没有遭到母亲的强烈反对。

“不要把女儿练成女兰博就行。”母亲对把小学一年级、看起来敦敦实实的她一手抱在怀里面不改色的父亲柔声交代。

那真是无忧无虑幸福的时光，远兮想。

第四章

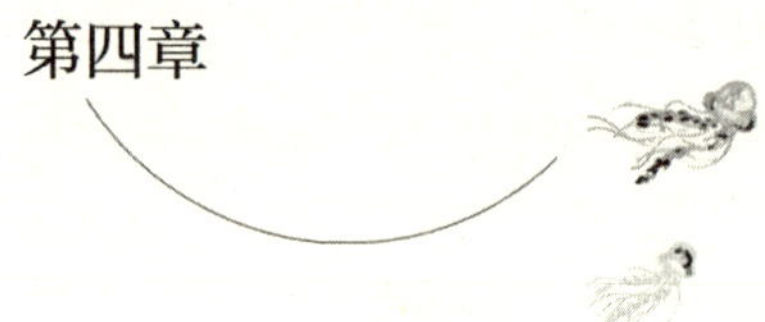

一场秋雨一场寒，几场雨一落，先前还略显闷热的浦江迅速入秋。

旧谷仓在工程队加班加点的施工下，完成全部改造，通过各方验收。节目组已将所需器具等一应用品悉数安装到位，进入最后调适阶段。

许凌昀目送最后一辆大型工程车驶离农庄大门，暗暗松了一口气。

马上要进入水稻收割季，施工队若不能完工，这些大家伙还得日夜不停地在农庄里进进出出，那他停在农机房里的联合收割机开出来难免有些麻烦，幸而改造顺利准时完工，并没有出现什么纰漏。

他心里琢磨着收割计划，老杨一拍他肩膀："小姑娘又来找你了！"

许凌昀抬头一看，果见郁远兮骑着一辆男式二十八寸脚踏车，头上戴一顶橘黄色安全帽，自岔路上骑来。

她人高腿长，穿天蓝色衬衫，罩一件藏青色西装背心，配一条牛仔裤，与那辆不晓得从哪儿找出来的“老坦克”脚踏车意外合衬，有种克制的洒脱，很矛盾，却很好看。

“小姑娘有点意思，为人爽快，遇事不大惊小怪，比一天到晚一惊一乍的小白好多了。”老杨睨许凌昀一眼，深陷在凹凸不平的疤痕间的眼睛里透出一股只有许凌昀才看得懂的揶揄来。

老杨年轻时也长得英挺端正，颇受欢迎，后来单位存放危险化学品的仓库因仓储人员马虎大意发生泄漏爆燃事故，他当晚正巧在单位值班，第一时间赶到事故现场参与灭火救援，结果火势太迅猛，波及临近仓库，造成二次爆燃。他在爆炸中被坍塌飞溅燃烧着的建筑材料压倒，面部严重烧伤。事后虽因救治及时，保住一条命，却也容貌尽毁。

妻子倒不嫌弃他，可两人还不懂事的稚儿看见他总是瑟缩躲避，哇哇大哭，晚上频频做噩梦。这比毁容还令他心如刀割，最后他做出与妻子分手的决定，躲到乡间农场当起门卫，一当十年。

小白来农庄应聘前台时，第一次在门卫室碰见他，吓得捂着嘴飞也似的跑出老远，为此一直遭老杨诟病。

“小白年纪小，没接触过太多世界，怎么你也跟着起哄？”许凌昀苦笑。

说话间，远兮的脚踏车已经骑到眼前。

她长腿一点，停下车，一片腿下了车，放下脚踏车撑脚，走向门卫室。

看到隐在许凌昀身后阴影里的老杨，远兮朝他点点头：“杨师傅，早上好。”

“早上好，早上好！”老杨在许凌昀背后拿手指捅一捅他的后腰，“你们谈要紧事，你们谈。”

说罢他返回门卫室，“哐”一下当着两人的面关上门卫室的门，将两人隔绝在门外。

远兮微愣，许凌昀无奈地摇摇头：“有什么事？”

远兮转身从脚踏车车头前的藤编车篮里取出夹纸板，递给许凌昀。

“周五所有参加节目录制的入围选手将陆续前来报到，可能会给农庄生产、生活带来一定不便，许先生看有哪些需要注意的地方，请告诉我，我会打印一批注意事项放在杨师傅这里，方便选手们能第一时间了解情况。”

许凌昀有些意外地扬睫看她一眼。

他虽然并不经常看电视，但还是知道郁远兮的。前台小白也在看到她来与他做沟通协调时，发出粉丝遇见偶像才有的短促尖叫，并在事后迅速全面地向他科普了郁远兮的资料，从生日星座血型到身高体重学历，连她受高层变动连累被调离岗位这种小道消息都信手拈来，详尽得可怕。

那时他就觉得郁远兮有种常人所不能及的坚强心志，无论顺境逆境，都能保持从容镇定，在当下急功近利的社会，殊为不易。

这会儿她用真诚的眼神望着他，为农庄和选手着想的样子，带着一种不自觉的认真可爱。

许凌昀微笑：“其实也没什么明确的禁止事项，选手们不要进入农田，毁坏作物即可，其他随意，希望他们在农庄期间能发现大自然的美好，享受在农庄的生活。”

远兮颔首：“这也是我们节目的宗旨之一。”

许凌昀将夹纸板还给远兮：“如果我想到或者发现什么问题，再去找你，不会打扰你工作吧，郁小姐？”

“我的工作就是协调沟通节目组拍摄与农庄正常生活作息之间的大小问题，”远兮晃一晃手中的夹纸板，“许先生要是不来找我，直接去找李老师反映情况，那就是我的失职了。”

大胡子仿佛要探察她忍耐性的边界，不断派她在施工现场和农场之间来回往返沟通，从琐碎的装饰细节到影响整个节目拍摄的管线架设。李厚时从不考虑她懂不懂、有没有时间，一切他不想做或者不愿意出面干涉的事情，都直接抛给她处理。

短短半个月时间，施工队队长的口头禅就从“找李导、找宋导”，变成“找郁助理”。

“明后天会到农庄各处架设摄像头和录音设备，进行调试，许先生看方便吗？需不需要找位熟悉环境的师傅陪同我们的器材师一起？”远兮推着脚踏车，踢开撑脚，问。

“没问题，我会安排人手，明天一早去活动室与你们集合。”

待远兮骑上脚踏车，原路返回，老杨从门卫室里探出头来，对注视她远去背影的许凌昀咧嘴一笑，牵动没有毛发的半边面孔：“几时见过你这么好说话的？上次有客人踩坏一小片青菜地，你不是气得当场让他赔钱走人？”

许凌昀半垂了眼：“节目拍摄过程中，若是损坏作物，一样要照价赔偿，场地租用合同里白纸黑字写得清清楚楚。我也同她讲得明明白白，并没有比平时好说话。”

老杨乐了，伸手捶他一把：“我看你口是心非到几时！”

许凌昀一捂胸口：“老杨，被你打得内出血。”

老杨撵鸭子似的摆摆手：“去去去，找小白撒娇去，我不吃你这一套！”

英俊的许凌昀微蹙着眉，做一副伤心状，坐上农庄里接送客人用的电瓶车，往农舍方向开去。

道路一侧是黄澄澄随风起伏、丰收在即的稻田，清晨的阳光洒落在田野上，又映在他的眼帘里，仿佛他此刻的心情，饱满充实。

远兮回到员工活动中心，大胡子不知道去哪里了，活动中心大厅里并没有传来他浑厚的大嗓门。策划组和导演组正霸占大厅一隅开会，造型总监文森特则指挥着他的助理将满满几箱装在防尘袋里的衣服一一取出来挂到衣架上去。

远兮有心找个没人注意的角落坐下来喘口气，那边穿着一身亮蓝色西装的文森特已然看到她，频频朝她招手。

“兮兮，你来得正好！来来来！”他脸上露出灿烂笑容。

远兮总有他和大胡子联合起来把她支使得团团转的感觉，但，她应承过自己，绝不辜负老师的一番苦心，这样的工作强度，她还应付得来。

她走近文森特，他保养得宜，戴着硕大蒸汽朋克风戒指的手往两排上下两层的衣架一挥：“这是第一期节目的服装，你帮我参详参详！”

“不敢在您跟前班门弄斧。”远兮有自知之明，在各大电影节最佳服装与造型奖多届得主面前，她的时尚经验实在有限得可怜。

文森特的助理给她一个“爱莫能助，你保重”的眼神，默默将最后几件衣服挂到衣架上，然后将堆在地上的大纸箱推到一旁去。

“别害羞，说说你的看法。”文森特执意想听听远兮的意见。

远兮只能伸手，轻轻拨动层层叠叠的衣挂查看，旋即被透明防尘袋内的衣服所惑，不由自主地抬头望向文森特。

以文森特在业内的地位，能令知名品牌提供服装赞助并不稀奇，但这些衣服繁复精致的蕾丝、轻薄飘逸的袖口、不经折腾的质料……远兮疑惑不已。这到底是一档慢生活美食烹饪类节目，还是美少女们穿得花枝招展到农庄来争奇斗艳的选秀节目？

文森特眼里流过狡黠的光：“再往后面看。”

远兮分开第一个衣架上悬挂的衣服，看一眼后头第二个衣架，随后缩回身来：“您和李老师不会是打算……”

“嘘……”文森特将一手食指竖在嘴唇上，“佛曰：不可说。”

远兮被他小指上亮蓝色的指甲油闪了眼，随即失笑：“两位老师这么调皮，真的没事？”

文森特一捋下颌并不存在的胡须，得意地对远兮眨眨眼睛：“山人自有妙计。”

远兮忽然想为即将前来报到参加节目录制的选手们掬一把同情泪，但愿到时候场面不像她想的那么“好看”。

调皮的文森特还想提点远兮两句，大胡子李厚时便风风火火地从门外走进来，嗓音洪亮地问：“会开好了吗？走！大家一起去试菜！”

铜铃眼一转，瞥见远兮站在衣架跟前，一旁文森特脸泛贼光，思及家中客厅里那尊铜镏金老子坐像，大胡子咳嗽一声，沉声问：“和农庄方面都沟通过了？明天安装摄像机没问题吧？”

“沟通过了，许先生方面说没有问题。”远兮言简意赅地回答。

“那就好。”大胡子想一想，“你也来试菜，大家集思广益。”

试菜地点放在农庄食堂，偌大一片平房，坐落在农庄员工宿舍楼前，青墙黛瓦，木栅窗棂，是典型的江南农家建筑。食堂门前一片空地上一左一右挖着两个小水池，里头漂着几片碧绿的浮萍，下头有大大小小的锦鲤游来游去。两只三花猫趴在水池边上，懒洋洋地甩着尾巴，眼睛跃跃欲试地注视着池塘里的锦鲤不放。

眼下还没到午餐时间，食堂里两个帮厨的阿姨懒散地坐在门口藤椅上晒太阳，遥遥看见远兮，白胖阿姨笑着招呼她：“小郁！来，请你吃新煮的盐水花生！”

远兮走向胖阿姨，笑着从阿姨手心里抓过几粒带着壳的盐水花生，剥出一粒丢进嘴里。

两周时间，远兮已同农庄里的阿姨、爷叔们打成一片。

秋雨连绵，难得天气晴好的工休间隙，员工食堂里烧菜的厨师爷叔，会在厨房灶膛炉火余烬中塞进几个农庄自产的山芋，拿小铁门将灶膛通风口一关，任山芋在灶膛里焖烤，时间和火候的掌握全凭爷叔的经验。

待烘熟的山芋从灶膛里用铁钎扒拉出来，表皮被熏烤成炭黑色，带着一股果林秋季为疏枝增光修剪下来的树枝燃烧后留下的特有果木香味。厨师爷叔也不戴手套，只扯几片珍珠米叶子下来，将热乎乎的山芋包在叶子里，两头稍稍用力掰开，露出里头金红色瓜瓤，香气一下子飘散在空中。炭黑色外皮与瓜瓤之间有金黄如蜜的糖浆渗出，教人垂涎三尺。

远兮当时恰好为绘制农场平面图经过，被工休间歇的阿姨叫住，一把将她按在藤椅上，霸气无比地说："休息一下，吃点东西再去忙！"

随后塞给她半个细腻绵甜的烘山芋。

新烘出来的山芋咬在嘴里绵密香甜，唇舌轻轻一抿，仿佛化作蜜水。

"好吃吧？"阿姨眉眼带笑，又扬手招呼远远走来的许凌昀，"小许，来吃烘山芋！"

许凌昀好似有什么事要做，但被阿姨如此一喊，便应声而来。看见远兮被阿姨按坐在藤椅上，手里还捧着啃了一口的半个烘山芋，不由得笑起来："陆师傅做烘山芋的本事，那可是一绝，轻易不肯露这一手的，今天大家有口福了。"

他接过阿姨递来的另外半个山芋，一边小心地剥去外头炭黑色柔韧外皮，避免糖浆流到手上，一边问远兮："觉得和外头路边摊或者商场小吃街里的烘山芋有什么区别？"

远兮微微侧头，细细回味："没有粗而老的纤维，更软糯甜蜜……好像和市售烘山芋用的不是同一个品种。"

许凌昀朝她竖起拇指："没错！这是从福建漳浦县六鳌半岛引种回来，种在靠海沙地上的红心蜜薯，甜度高，口感糯。"

"为什么要种在沙地上？"远兮不解。

"因为要尽量提供类似六鳌半岛沙地那样的原生种植环境。"许凌昀耐心解释，"正是海水中含有的天然盐使得蜜薯更甘糯。"

"避免南橘北枳。"远兮了然。

两人顺势聊起如何选种育种，又怎样移栽种植。

远兮对现代化农业种植的了解仅仅是新闻里偶尔瞥见的大型农机在宽阔平坦的土地上播种、收割的画面，而许凌昀仿佛为她打开了一扇通往新世界的大门。

"为什么在我们江南地区鲜少看到农民使用联合收割机？"远兮疑惑。

明明机器能解放生产力，可她很少看到江南一带农民使用联合收割机，始终沿袭着千百年以来弯腰耕作收割的方式。

"因为不管是进口的还是国产的中型机型，无论体积大小、机身自重，都不适合南方稻田收割。收割机在水田中行进，转向难，通过性能不佳，普遍存在在稻田中越陷越深、无法操作的问题。"许凌昀向远兮解释，"而且南方农田有种植面积小、地形不规则的特点，农户觉得购入农机不实惠。你看与我们隔江相望的岛上农场，农业用地面积大，地势平坦，一年两季使用插秧机、收割机，已实现农业现代化。"

许凌昀语气中露出向往来。

远兮听得津津有味，一旁胖阿姨几乎绝倒，往他俩肩上一人给了一掌："年纪轻轻，两个工作狂。休息时间，不谈工作！"

许凌昀挨了一掌，笑而不语。突然捧着烘山芋跳起来："我还有事要做，再见！"

当时阿姨眼睁睁看着他迈开长腿跑远，气也不是，笑也不是，这会儿却已浑然忘记她嫌弃远兮工作狂："哪恁（怎么样）？用今年新花生煮的，香吧？"

远兮十分捧场："香！"又指指食堂门内，"我先去做事。"

阿姨自顾自剥一粒花生，嘀咕："个个忙得飞起来……"

远兮走进食堂。

要试的菜已装在托盘里端上来，一溜排开，摆在食堂古朴的原木长桌上，热气腾腾的面拖毛蟹蟹香四溢，虾油露鸡鲜味扑鼻，腐乳熟炝虾色泽明亮诱人……

"工作一上午，大家都累了，我就不同你们客气了。"大胡子手指往原木长桌上一点，"记得吃完以后多提意见！"

众人一早六点便起床赶工赶点，经过上午不间断的脑力劳动与体力付出，差不多快饿得前胸贴后腹，一群男士看见美食，两眼放光，才不同大胡子客气，纷纷抄起筷笼里的筷子，直奔油光光、颤巍巍的走油蹄髈。

那盆走油蹄髈烧得红亮酥糯，一筷子下去，连皮带肉一道搛起来，在筷尖上颤抖欲滴，带着一种令人无法抗拒的诱惑。

有工作人员将大块肥腴的蹄髈放入口中，微微闭了眼，一边咀嚼，一边感叹："这才是美食！那些肉片、肉丝、肉末算什么肉啊！"

众人哄堂大笑，有人揶揄他："你老婆是不是许久不给你吃肉？"

他又挤进人群里去夹蹄髈，无暇他顾。

远兮与文森特的助理贾思敏是目前节目组仅有的两位女性工作人员，两人站在人堆边上，不去与他们抢蹄髈，各拿一个餐盘，夹取桌子上的菜色坐到一边慢慢细品。

贾思敏胃口极小，不知是因为要从事时尚行业必须保持骨瘦如柴的纤细身材，还是其他什么远兮不得而知的原因。她只拿两只腐乳熟炝虾、一小撮凉拌金瓜丝和一块松糕，秀秀气气地摆放在餐盘里，顿时将简单朴实的农家菜变成一种充满视觉享受的艺术。

比起贾思敏餐盘里那少得可怜的食物，远兮的餐盘里堆着好几块虾油露鸡、两只面拖毛蟹、几棵葱油芋艿和一个金灿灿的草头饼。

贾思敏睁大描摹精致的眼："远兮姐你吃得下这么多啊？"

远兮笑一笑："我其实也想吃走油蹄髈，可惜抢不过那些老婆许久不给吃肉的男同志。"

贾思敏半掩了嘴："远兮姐，你真有趣！"

远兮的回应是搛起一块虾油露鸡，放进嘴里，皮脆肉嫩，味道鲜香而不冷腻，带着一种记忆中外婆常做的、能引起内心深处共鸣的味道。

远兮点点头，不由得对下一道面拖毛蟹充满期待。

农庄的大菜师傅厨艺老道，只选一百克以下的毛蟹，洗得干干净净，去掉肚脐，拿刀一切二，切口沾上面粉，下油锅里略微炸片刻，锁住蟹黄和蟹肉里的水分，再用葱姜水加盐同面粉一道调成薄薄的面糊，以热油文火煸炒毛蟹，再倒入面糊，稍微焖片刻，味道受热力作用，产生美妙的反应。待薄薄的面浆均匀包裹在毛蟹上，收汁成厚薄适中的面糊，便是一道鲜美无比的面拖毛蟹。

因用的是葱姜水，美味的面糊里不会吃到颗粒状姜末，对不爱吃姜的人来说，也丝毫不影响其可口的程度。

远兮舍弃筷子，直接用手，一左一右拎住两条蟹腿，细细品味充满鲜味的毛蟹。牙齿微微用力，唇舌轻卷，鲜腴的蟹黄、蟹膏，清甜的蟹肉，瞬间在味蕾上席卷起一场享受的风暴。

大胡子这时端一个酱油釉汤碗，笑眯眯地走近远兮，觑一眼她餐盘里的内容："小郁，菜色如何？有什么意见或者建议？"

远兮闻见扁尖老鸭汤的香味。

她是知道节目大致流程的，从她这个角度望去，木质长桌上一溜或冷或热、或拌或炖的十个小菜硬菜，要选手在不熟悉场地的情况下，于规定时间内完成一道指定菜品，考验的不仅仅是她们的厨艺，更是她们的临场反应能力和心理素质。

“非常期待节目录制的效果。”远兮承认。

“我也很期待啊，哈哈哈！”大胡子笑得牵动脸上的胡须，一转身，又捧着汤碗踱开了。

等大胡子走得远了些，贾思敏细洁的牙齿轻咬松糕：“我看李老师对你严厉归严厉，但是很重视你的意见呢！他以前那几个助理，被他差使得脚不点地，有两个甚至累得躲在角落里哭，也没见他征求过他们的意见。”

远兮对贾思敏口气里意味难明的羡慕有些摸不着头脑。

贾思敏见她呆头鹅似的，恨铁不成钢地嗔她一眼：“李老师的助理，即使工作强度大得非常人所能承受，仍然不知有多少人抢破头想当。你原来的工作不顺心，转眼却获李老师青眼，得他重视，不正应了那句‘塞翁失马，焉知非福’？”

远兮骇笑：“我原单位工作不顺的消息，传得这么远了？”

贾思敏一噎：“远兮姐……”

远兮微笑：“谢谢你的提醒，贾思敏，我会珍惜这份工作。”

贾思敏目瞪口呆：我不是，我没有，你别胡说。

选手报到，节目正式开始录制前夜，远兮住在农庄里，以免次晨有突发状况来不及赶到。

农庄有六座临水独立小别墅，后现代风格的建筑分上下两层，底层是生活空间，楼上是有着钢化玻璃外墙的卧室，浴室里巨大的按摩浴缸就放在临水的一面。晚上从落地玻璃墙望出去，外头是一片粼粼水色，远处遥遥能看见著名主题乐园灯影梦幻的城堡。

远兮泡在浴缸里舒缓疲劳了一天的筋骨时，远天蓦然爆发出绚烂烟火，映得半边天空光影迷离，忽明忽暗。

远兮半趴在浴缸边沿上，面孔被缤纷焰火照亮。

她眼前的景色仿佛人生走到穷途，沿路一片黯然，不过是一眨眼工夫，倏忽山重水复，柳暗花明。

远兮泡完澡，裹着浴袍，与母亲视频通话。

“怎么感觉又黑了些？”陶穆看见女儿，大感意外。

“光线的关系吧？”远兮一手摸摸脸，不甚在意，“其实也还好，黑里俏。”

既然女儿不以为意，陶穆也不继续纠结于这个话题：“周末回不回来？我好叫你爸提前买菜。”

“暂时还没确定。”远兮在视频里没看见父亲身影，“爸爸呢？”

“市里搞博览会，最后两天组织各街道、居委会居民集体前往参观，他们负责治安保卫工作的提前去集合点排查安全隐患，重点监督维持现场秩序，到现在还没回来。”陶穆假意抱怨，“你们两父女，忙起来就不着家，出去像丢掉，回来像捡到。”

远兮被母亲幽怨的逼真表情逗乐，连连隔着手机屏幕向她作揖：“妈，我错了，我向您深刻检讨！”

“既然你知道错了，下次休息天，陪我一起出去，和王阿姨吃饭。”陶穆提条件。

“王阿姨从欧洲回来了？”远兮问。

王阿姨是母亲以前的同事，后来嫁给特殊教育学校一位学生的家长，长期陪同艺术家丈夫在各国旅行、创作，也是神人一个。

“回来有段时间了，一直约我带上你出来吃饭。”

“不会是相亲宴吧？”远兮怀疑。

王阿姨自己没孩子，艺术家丈夫与前妻有两个儿子，其中一个先天耳聋，两人都到了适婚年龄，由不得她不多想。

“她哪儿看得中你？”陶穆失笑，“她从来都嫌弃我把你培养得似假小子，一直嘀咕说你这样要嫁不出去。”

“我是否该争口气，早些把自己嫁出去？”远兮笑噱。

“没必要为争一口气而嫁人。”陶穆正色，“我和你爸，希望你找到心灵契合的伴侣，宁缺毋滥。”

“要是一直找不到呢？”

“那就单着呗，多潇洒！”陶穆微笑。

“妈，我今天有没有说过我爱你？”

“咦？好像你爸回来了！我不和你聊了，再见！”陶穆干脆利落地结束通话。

远兮望着手机屏幕上视频通话时长一分二十七秒的显示，笑意不绝。

选手前来报到当天，秋雨再次光临。

远兮睡醒，拉开落地窗帘，一眼望出去，外头天光暗淡，一片雾蒙蒙。等她洗漱完毕，彻底清醒过来，推开临水小墅露台的门走出来，才意识到外头下雨了。

秋雨绵密，细如牛毛，落在远兮的衬衫上头，并没有被棉质面料立刻吸收，仿佛一层水做成的如烟似雾的轻纱衣裳，将人整个笼在里头，经体热慢慢一蒸，这才一点点渗进棉质纤维里去。

空气里满是青草和桂花的香味，清冽，凉冷。

远兮深吸一口气，返回室内，抓起扔在沙发上的卡其布猎装风衣套上，戴一顶棒球帽，伞也不撑，下楼往食堂走去。

食堂里不出意外，早已聚集大部分外景组工作人员。昨晚和策划组就细节问题做最后修改的大胡子此时正神采奕奕地与文森特交头接耳。一抬头看见远兮，他浑厚的嗓音穿透整个食堂：“小郁！过来坐。”

在另一头喝豆浆的司机老郑闻声，看一眼远兮，朝她举一举豆浆碗：姑娘，我敬你是条汉子！

能在大胡子如此高强度差遣下自始至终保持气定神闲的人，她是第一个。

远兮朝老郑颔首，又与外景组几个熟人打招呼："楼导，曹哥，童哥，早！"

等走到大胡子跟前，他拖开一张条凳，示意远兮坐，又把堆在他面前桌上的两笼屉小笼馒头往她手边一推："赶紧吃早点，吃完跟他们到门口去盯一盯现场。"

热气腾腾的小笼馒头刚出笼，一只只薄皮微透，褶子细巧均匀，拿筷子夹住提起来，仿佛能看见内里一兜浓郁的汤汁和鲜嫩的馅料。咬开一个小口子，凝神轻轻一吸，滚热汤汁顺着唇舌，带着满满人间烟火气，落入胃里，教人从心底里发出一声满足的叹息。

食堂胖胖的阿姨端一个青沿小碗过来，放在远兮眼前："早上刚刚磨好的甜豆浆。"

现磨豆浆散发着大豆独有的香气，温暖了秋日的早晨。

远兮朝阿姨露出微笑。

文森特在一旁颇不是滋味："阿姨偏心！我们喝豆浆都是自己去窗口拿，小郁喝你就给送过来。"

"你是单身女性吗？是的话我也给你端过来。"阿姨笑眯眯的，一句话将文森特噎个半死。

文森特伸手捂住胸口，难以置信地望着阿姨转身而去的宽厚背影，张口结舌："这、这不是明晃晃的性别歧视吗？！"

远兮忍笑忍到双肩抖动。

吃罢早饭，远兮按计划前往临时指挥中心，取了厚厚一沓事先打印好的农庄手绘地图，装在透明文件袋里，放在自行车篮中，骑车前往农庄正门。

录音师曹哥驾驶电瓶车慢慢跟在她身侧，摄影师肩扛摄像机坐在他后面，一路跟拍。

远兮啼笑皆非："童哥，这也要拍？"

摄影师不吱声，镜头上下晃动，表示肯定。

"李导交代，要多拍些镜头，给后期多提供素材。"曹哥解释，"放心，一定让老童把你拍得美到发光！"

远兮闻言先是一愣，随即朗然微笑。

"那我先谢谢童老师了！"

远兮自然不晓得，在摄影师童映春眼里，她戴一顶棒球帽，遮掉泰半面孔，可帽檐下一双熠熠生辉的眼无论如何都掩盖不住，骑在二八式老坦克上，衣袂翻飞，一双包裹在深色牛仔裤里的长腿，每踩一下脚踏车，都透出一股蓬勃活力，哪怕脂粉不施，都好看得让人移不开眼。

三人两车前后抵达正门，外景组大部队已经先他们一步到地，导演、摄影、录音和保障人员悉数到位，只等选手前来报到。

节目组规定的报到时间为上午八点至中午十二点，过时未到则视为自动放弃参赛资格。

八点刚过，便陆陆续续有年轻女孩手持入围通知，前来报到。

女孩子们性格各异，有的娇俏活泼，拖着好大一个旅行箱，从出租车上跳下来，不惧细雨，一进门便对在场工作人员一一鞠躬。

"我是祝英英，不是祝英台哦。请各位老师多多关照！"

当远兮将地图与任务卡双手递到她面前，祝英英先是一手接过地图和任务卡，随后有些疑惑地打量远兮两眼，客客气气地说声"谢谢"，便拄着行李箱的拉杆，垂首查看手绘地图和任务卡。

报到当天，选手们需依靠地图，自行寻找位于农庄西北角的宿舍楼，安置行李后到由谷仓改建的大录影棚集合，领取下一步任务。来得早的选手可以自行选择宿舍床位和舍友，来得越晚，则可选择的越少。

任务卡被祝英英再三阅读后对折塞进上衣口袋里，拉上行李箱，半歪着脑袋一边看地图，一边沿着主路往农庄里走去，她身后跟着一组外景工作人员，录制工作在她踏入农庄的那一刻便正式开始。

选手中有人驱车自驾前来，亮蓝色科迈罗引擎低沉的轰鸣声由远而近，驶入农庄敞开的雕花铸铁大门，徐徐停在门卫室前。

远兮认出驾驶座上的年轻女郎。递送入围通知时，她在市中心顶级江景别墅见过她，遂走向汽车，待女郎降下车窗，将地图与任务卡一道递上。

女郎脸上戴着茶色墨镜，看不清脸上表情，只低低说声“谢谢”，蓝色跑车闪电似的，驶向农庄深处，摄制组甚至来不及跟上，徒留在原地，彼此面面相觑。

有人开跑车，也有人骑电动车，背一只巨大双肩包前来报到。粉色安全帽一摘，露出扎成一束的浓密黑发。面对人数众多的外景组，女孩子笑起来有些羞怯：“老师们好！我是乔笑绵，这段时间请多关照！”

她一边说，一边自肩膀上卸下大包，垫在电动车把手上，解开背包抽绳，从里头抓出一个带透明窗口的大牛皮纸袋：“这是我自己做的陈皮糖，生津止渴，给老师们当小零食吃。”

跟拍导演上前接过纸袋：“谢谢！”

远兮趁机递上地图与任务卡。

乔笑绵大眼里染上见到熟人的欢快：“郁姐姐！又见面了！”

“是啊，又见面了！”远兮也不由得微笑。

女孩子低头在大背包里翻了片刻，由中间摸出一个玻璃罐，一股脑塞在远兮手里：“我自己做的秋梨膏，润肺生津，用温开水化开喝，对嗓子好。”

远兮捧着手里沉甸甸的玻璃瓶：“谢谢！祝你好运！”

女孩子轻咬嘴唇，点点头：“谢谢你的鼓励，我会努力的！”

她像一只初初离巢的小动物，懵懂，又带一点无畏。

等乔笑绵骑着她的小小电动车慢悠悠驶远，外景导演嘴里叼一条陈皮糖踱到远兮身边：“这孩子年纪不大，倒很懂得做人。”

远兮侧首看向黑黑瘦瘦的导演，他下巴往乔笑绵的背影方向一扬：“节目组在网上发布海选通知，请有意参加者发送一段做菜的短视频到节目组邮箱，别人都是小清新背景配轻快音乐，只有她发的是在夜市大排档掌勺的视频。”

个子不高，身量娇小的一个女孩子，站在煤气炉、大铁锅后头，一手持锅颠勺，一手拿锅铲飞也似的，眼睛连瞟都不用瞟，从旁边的调料碗里快速选取所需调料，一勾一送倒进铁锅里，刹那间火光腾起，照亮她青春正盛的脸。

视频像素不高，画面不够清晰，可是隔着镜头都仿佛能闻见炝锅时的香味。

最终乔笑绵在将近十万名报名者中脱颖而出，成为五十名入围者之一后，节目组核实她的身份信息，才知道她刚满十八岁，堪堪达到年龄要求。

“她母亲去世得早，父亲、叔叔都在远洋轮上当厨师，一年当中起码有七八个月不在家，几乎是她婶婶将她一手带大。”导演有点遗憾，“所有入围选手里，她算是厨艺比较老到的，可惜，我怕她会做的菜色太单一。”

远兮能理解导演的忧虑。

这样的比赛，其实比的不仅仅是厨艺，还有见识和胆量。有时见识不足，会影响选手的发挥。

导演还有待再说两句，门口方向却传来一阵嘈杂动静，所有人的注意力都集中过去。

农庄门口停着一辆看起来有些年头的面包车，车门半开，有皮肤晒成健康小麦色的青年提着一只亮黄色行李箱想帮一名短发女孩子送进农庄，被工作人员阻拦，女孩有些无奈地看着他。

“我妹妹耳朵不大好，是节目组答应给她配手语翻译，我们家里才勉强同意她来参加比赛。”青年四下张望，“你们不让我送我妹妹进去，起码让我见见手语翻译，交代一下吧？！”

导演眉心微皱，扬声问：“手语翻译呢？手语翻译来了没有？”

现场一片寂然，无人应答。

导演扭脸问站在一旁的远兮：“小郁，你通知手语翻译今天要进组了吗？”

“通知过常老师，昨晚还与她确认过。”远兮取出手机，“我再联系一下常老师。”

手语翻译的电话一直无人接听。

随着时间渐渐流逝，青年脸色越来越黑，仿佛随时都会拽起妹妹的手就走。

导演面色凝重：“时间紧迫，现在到哪儿去找手语翻译？你们就没有一个备用方案？！都是怎么做事的？”

导演语气不好，虽然没有指名道姓，远兮脸上却一片火辣辣。

她知道自己从主持人的云端落到普通助理行列，待遇上会有落差，但像这样被人在大庭广众之下斥责办事不力，到底还是令她觉得难堪。

短发女孩大概看明白现场状况，取出手机飞快地输入内容，手机迅即将文字转化为语音，由扬声器播放：没有手语翻译我也能行。

略显机械的女声并没有令导演眉头放松：“她听不见，交流起来也慢半拍，尤其团队合作，对与她同组的人不公平……”

远兮看一眼与陪她前来的兄长用手语急切“交谈”的女孩，无声叹息，上前一步：“吴导，我会一点手语，可以暂时充当手语翻译，常老师那边我会继续联系她。”

导演有些许狐疑地打量远兮：“你能行？”

远兮点点头：“大学时参加过一个手语演讲比赛，所以会一点。”

她并不打算提及母亲是特殊教育专业教师一事。

“那好，你先顶一顶！”导演当机立断。

远兮走向与兄长争执不下的女孩，右手抬起至额前，随后四指握拢，只余小指，下移至胸口轻划两下。

激烈争执中的两兄妹齐齐停下手上快得让人看不清的动作，女孩子眼睛里透出惊喜的光，男青年则一把握住远兮的手，上下大力摇：“你会手语？！真是太好了！我妹妹就拜托你多多照顾了！她因为小时候听力受损……”

女孩子一把按住他不停摇动的手，朝远兮微笑，右手握拳在胸，伸出拇指轻点两下：谢谢！

远兮将一份农庄地图和任务卡交到女孩手里，剩余的地图与任务卡则留给工作人员：“给你们添麻烦了，等选手安顿好我马上回来。”

第五章

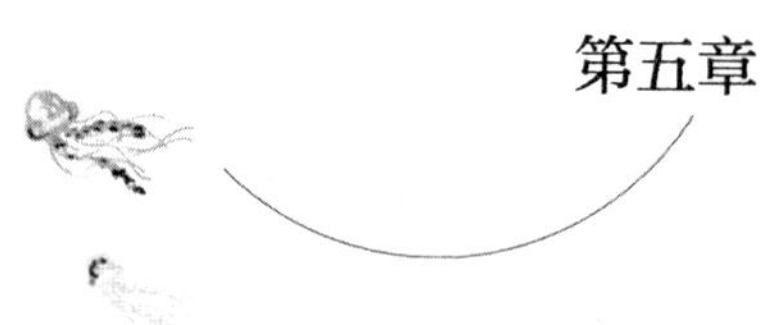

许凌昀戴一顶斗笠，脚踩雨鞋站在田垄上，半弯着腰从稻株上掐下一穗稻谷，放在手心上认认真真观察片刻，随后攥拳将谷穗递给站在他身畔的农业顾问老蒋。

老蒋五十来岁，生得黝黑清瘦，同许凌昀一色式样打扮，伸手承接稻穗，一掂一捻一看，点点头：“已到蜡熟末期，黄化完熟率达百分之九十以上，等雨停了，阳光再催一催，就可以收割了。”

许凌昀闻言抬起头遥望天空，一片灰蒙蒙乌云笼罩，没一点放晴的意思。

“秋风秋雨愁煞人，不知道什么时候才会放晴。”他顶一顶滑落到眉骨上方的斗笠，自斗笠边沿望出去，看见田埂上方农庄主干道上两个并肩走来的年轻女郎。

身材娇小的短发女孩拖着行李箱，步子有些慢，颀长劲瘦的短发女郎配合着她的步伐，一手在比画着什么。

他看不见她们的脸，却不知为什么偏偏一眼就能认出郁远兮的背影。

老蒋“咦”一声：“这个什么厨艺比赛，还有聋哑人参加？”

“我不太清楚。”许凌昀微微一笑。

节目组向他商借场地，又明确表示农庄作息照常，不用迁就节目组，他只管收钱，其他一概不予干涉。

老蒋抱着膀子，同他一道注视两个女孩走远：“这倒有点意思。”

“毕竟不是歌唱比赛，主要还是看厨艺。”许凌昀耸肩，“外国一档厨艺大师真人秀节目，有一届胜出选手是位盲人。”

“哦？”老蒋摸摸下巴，“比赛过程中不会出现撞到人或者切到手的意外状况？”

许凌昀敛目：“既然决定要做一件事，就要有克服重重困难的决心。”

老蒋大手一拍他肩膀，力气之大几乎将许凌昀拍得飞扑出去，又赶紧改掌成抓，一把揪住他的后背心：“不枉我当年慧眼识珠，力排众议来给你当顾问，小伙子有股子干事业的狠劲！”

“谢谢蒋工！”许凌昀话里有话。

“咱们之间说什么谢不谢的！”老蒋待他站稳，挥挥手，“对了，今天怎么不见老杨？他上次赢了我一局棋，不会是躲着我，怕我扳回一城吧？”

许凌昀苦笑：“他听说今天正式开始录制节目，怕自己的样子吓坏前来报到的选手，自请调休一天，并不是知道你来，刻意躲着你。”

老蒋不以为意：“他一个救火英雄，怕什么怕？今天没我什么事了，我找老杨下棋去！”

老蒋说走就走，扔下许凌昀扬长而去。

许凌昀望着笼罩在蒙蒙烟雨中的稻田，出了片刻神，这才从田埂上下来，自路基边坡上修筑的阶梯走上主干道，心里盘算着等雨停了，果林的树枝要修剪下来，一部分粉碎还林，一部分粉碎后用以更换无土栽培果蔬大棚里的培养基质。

他正要下到果园里查看一下，身后忽然传来娇滴滴的呼唤：

“前面的大叔，等一等！”

许凌昀脚下一滞，大叔？

他转过身，看到自大门方向跑来三个女生，其中两个穿牛仔裤、运动鞋的看起来状态还好，另一个在仲秋季节穿千鸟格小裙子搭配同系列外套，脚踩珠光粉高跟鞋，烫韩式大波浪卷发的女孩子则有些气喘吁吁。

她朝许凌昀挥一挥手中地图：“大叔！宿舍怎么走啊？”

“这条道走到底，左转，再走到底，右转，到底，左转。”许凌昀看一眼她手里的地图，言简意赅。

他几次看见高高瘦瘦的郁远兮骑着脚踏车在农庄勘查路线，有一回经过他身边时，她特地停下脚踏车，出示画得差不多的地图，向他请教：“许先生，这是我画的农庄简易平面图，你帮忙看看，大致是否准确？有什么需要修改或格外标示注意的地方？”

她人坐在脚踏车车座上，左脚点地，右脚踩着车镫，连车带人微微朝他身边倾斜。

两人离得极近，近到他一抬眼能看见她浓密长睫如蝶翅轻轻扇动，看见她晒得透出淡淡蜜色的皮肤下一丝细细的血管。

说是简易平面图，可其实她画得十分细致，大到果林水田鱼塘，小到猪圈鸭棚鸡舍，无不认真标注，一目了然。即使第一次来农庄，也能凭借这份手绘地图，轻易按照指示找到宿舍。

可他眼前这女孩仿佛听不懂他的指引，俏皮地吐一吐舌头：“那还要走多远啊，大叔？”

“十分钟。”许凌昀淡淡抬腕看一眼手表。

“十分钟？！”女孩夸张地睁大眼睛，嘟嘴，“还要走那么远？！大叔你好人做到底，把我们送过去呗！”

两个牛仔裤女孩互相看一眼，婉言谢绝她的提议：“我们自己过去就好，谢谢！”

千鸟格女孩还想撒娇，一道冷冽好听的女声已先一步响起：“再磨蹭，宿舍床位就没的选了。”

千鸟格女孩见同伴已经拖着行李箱继续前行，只得气哼哼一顿足，拽着行李箱追上她们，自言自语：“第一天就遇见小气鬼，倒霉！”

跟在她身旁拍摄的摄像师忠实地记录下发生的这一幕。

远兮等一行人走远，才走过来对许凌昀微微颔首致歉：“抱歉给你添麻烦了。”

许凌昀不以为意：“这么快就从宿舍回来了？”

“我腿比较长。”笑意自远兮眼角蔓延。

“不用一直陪在选手身边？”他难得好奇地问。

“我只负责简单介绍一下选手的情况，不介入选手的日常生活、交流。”

手语翻译本来也只是在整个比赛过程中帮助选手了解比赛规则，在她听力不及时提醒她注意时间。

远兮和许凌昀站在路边，意态闲适，格外放松。

刚才还细雨迷蒙的天气，倏忽雨歇云散，一抹阳光透过云层渐散的缝隙，洒落下来，将两人笼在秋日的金光里。

两人沐浴在突如其来的阳光中，相对一笑。

“祝农庄今年大获丰收！”

“祝贵节目拍摄顺利！”

两人就此错身。

许凌昀回到农庄，正当班的小白哀怨地靠在前台里，看见他进门，幽幽叹气，转过脸去，不理睬他。

“她这样一早晨了。”董晴坐在小白旁边不远处核对票据，百忙中抬起头来朝小白方向扬扬下巴，“嘴巴噘得能挂一挂猪肉。”

“董晴姐！”小白顿足。

“要是有人愿意为你顶班让你去围观拍摄，我没意见。”许凌昀摊手。

年轻人对影视圈充满好奇，节目拍摄又恰巧在农庄里，限制她去围观，未免有些不近人情。且她心不在焉，反而容易造成工作失误，不如痛快允许她去凑热闹。

小白闻言，欢呼一声，避到前台一角，打电话给同事：“君君，许大哥同意咱们调班了，你快点来！”

董晴听得直笑：“我看我们小白演技好得很呢！人家早就想好各种方案等你入彀。”

“这算不算是一个戏精的诞生？”许凌昀无奈。

“啊，对了！”董晴自前台桌面上摸过一张订单，递给他，“有公司将元旦聚餐定在农庄，席开十五桌。”

许凌昀接过订单，看一眼上头的日期后交还董晴：“好像和节目拍摄日期有冲突，你打电话问问节目组方面的郁助理，两相确认一下。”

“好。”董晴立即拨打电话，数秒钟后她放下电话，“郁助理的手机占线。”

许凌昀点点头：“那晚些时候再打。”

远兮正与手语翻译常老师通话。

电话彼端背景嘈杂，常老师的声音慌乱而颤抖。

“小郁，实在抱歉！对不起！”听筒里远远传来尖锐哭号，常老师讲话愈加显得吃力，断断续续，“我现在人在医院里……校车出了车祸，好几个孩子受了重伤……铭铭也在车上……”

铭铭是常老师独女，刚上初中，每天和其他同学一起乘校车上学。

“孩子们的事要紧，我这里另外想办法，您不用担心。”远兮当机立断，“如果有什么需要我帮忙的地方，请一定别同我客气。”

“谢谢你的理解。”常老师力持镇定，与远兮道再见。

远兮结束通话，返回充当指挥部的员工活动中心。

贾思敏早等在门口，一俟她进门就将她扯到门后阴影里：“李老师一直在找你，你快想一个合理的说辞！”

远兮拍一拍她手背：“我知道了，谢谢提醒！”

贾思敏见她全不在意的样子，怒其不争，拧一把她的胳膊：“你呀，你！”

远兮倏忽被贾思敏操心老母亲的口吻逗乐，眼角眉梢笑意隐隐。

贾思敏看得一愣。

在美人遍地的时尚圈混得久了，郁远兮之于贾思敏，实在算不上美女，可刚才那浅然一笑，恰似清风徐来，浮云破月，为她棱角分明的脸庞染上一层温柔的暖光。

“小郁！在门口磨蹭什么？！”大胡子百忙之中还觑空往门口方向喊了一嗓。

远兮捏一捏贾思敏脸颊，应一声“来了”，走向摆满显示器的长桌。

李厚时一手抱胸，一手摸着胡子，看不出喜怒：“手语翻译是怎么回事？”

“常老师家里有突发状况，一时无法走开，我会尽快再联系一位手语翻译……”远兮实话实说。

大胡子摆摆手：“我看你手语蛮熟练，和选手之间沟通交流没问题，不必舍近求远，就你吧！”

远兮扬睫看向大胡子。

“能者多劳嘛！也不叫你白白多做一份工。”大胡子眼里有光，“按照手语翻译时薪给你额外算薪酬。”

连薪酬问题都替她考虑到了，远兮啼笑皆非：“暂时担任手语翻译还行，若要在比赛中全程翻译，恐怕力有未逮……”

“还想讨价还价？！”大胡子作势要弹她额头。

“老李你这是仗势欺负我小师妹吗？”一道极有亲和力、醇厚悦耳的男中音适时响起，“当我们小师妹没后台？！”

“赵大主持！”李厚时循声望去，喜上眉梢，“你终于来了！再不来，我只能拉下老脸去求袁女士出山。”

穿一件米色风衣的金话筒主持人赵洋走近，上前与大胡子熊抱，两人互相大力拍打对方肩背。

“袁女士可看不上你这网络综艺节目。能受得了你的牛脾气，还与你合作无间的人，舍我其谁？”赵洋一边调侃，一边脱下风衣，随手扔在一旁椅子上。

他年近五十，生得白白胖胖，梳大背头，戴一副金丝边眼镜，永远笑呵呵的模样，看起来斯文中带一点狡黠，很容易教人心生亲近，放下戒心。

“赵老师！”远兮待两人叙旧完毕，与赵洋打招呼。

赵洋是文艺频道元老级主持，以前市里大型文艺演出一向由他搭档袁颖共同主持。后来袁颖出国深造，学成归来悄然结婚生子，将重心转移至时政金融分析工作，鲜少在公众面前亮相。赵洋自那以后升任新闻频道节目总监，渐渐减少主持工作。

不过虽然台里新人主持层出不穷，但论主持台风稳健幽默，尚无人能出其右。大胡子能请得动他出山，必定是费了一番功夫的。

赵洋上下打量她两眼，深有感触地轻喟：“在老李麾下任职，不容易吧？”

又拿眼角余光斜睨大胡子："我这把老骨头可经不起你磋磨，你要是也把我当百毒不侵、刀枪不入、不死金刚一样使唤，我是要罢工的！"

"我哪里敢使唤你赵大主持？"大胡子与赵洋勾肩搭背，"此间的本地农家菜口味一流，保持住了本帮菜应有的淳朴特色，不盲目跟风学外头什么菜都大把放辣椒的坏习惯，十分值得一试。我请你这老饕的刁嘴来品鉴一下，顺便熟悉节目流程。"

"有美食，一切好商量。"赵洋与大胡子相偕往外走。

大胡子走出一半，蓦然回首："小郁，还愣在这里做什么？谷仓那边你也盯一盯。"

远兮看一眼监视器中选手宿舍里听力障碍女孩骆佳馨与乔笑绵从同一间房间里出来，转身走出员工活动中心，骑上脚踏车，赶往另一头的谷仓。

远兮将老坦克停在录影棚外一角，走进录影棚内。

改造成室内录影棚的谷仓保留着原本古拙的外观，内里却已焕然一新。原本的透水砖地面被德国进口的吸音减震地板代替，一排五个独立带磨砂金属面流理台，内置烤箱的炉灶，从头至尾共十排，铺陈在谷仓前半部分，呈现出文森特·马极力追求的精致极简主义冷淡风格。嵌合在右侧墙面内蜂巢似的储物格摆满瓶瓶罐罐和厨房电器等一应物品，储物谷仓后半部分则设有选手休息、更衣区和采访区。

对面二楼原来存放粮食谷物的老式木桶被移走，只留老旧朴实的木质楼梯，与极简主义风格的厨房区域形成鲜明强烈的对比，教人一眼就能看出录影棚改造之前的本来面貌。

厨房区域的正前方已架设好数台摄影机，各个角度摄影师已就位。

见远兮进来，与远兮相熟的录音师曹哥往选手休息区方向努努嘴，用口型对她说：打起来了！

远兮讶异。

这还没正式开始比赛，不过是比赛前给选手了解生活区域和比赛场地的短暂时间，怎么会发展到上演全武行的地步？

远兮朝休息区望去，凝神细听，果然那一头声音嘈杂扰攘，沸反盈天。

“为什么？”远兮望着监控器屏幕里撕扯在一起的几个女生和缩在旁边不敢上前劝阻的其他女孩子，不解。

“还不是为几件衣服。”曹哥很不以为意。

衣服啊……远兮心下倏忽了然：“没人去劝一劝？就让她们这样浪费大家的时间？”

“文森特老师说这项艰巨的任务非你莫属。”忠厚老实的曹哥都忍不住露出一个“你保重”的表情，“毕竟只有你见过其中部分选手，和她们比较熟悉。”

远兮闻言苦笑，原来真正的考验在这里等着她，红脸白脸，都要她来当啊……

“快快快！互相薅头发了！”有人喊。

远兮默然一秒，深吸一口气，大步向休息区走去。

休闲酒吧风格的休息区里此刻正乱作一团。

大部分选手选择隔岸观火，坐在长沙发上远远围观，有几个选手隔着一步之遥的距离不起任何作用地弱弱劝架：“别打了，都别打了……”

骆佳馨手里攥着一件被撕坏的衣服缩在一角，无声流泪，乔笑绵不谙手语，只一遍一遍用手轻抚骆佳馨的后背，默默安慰她。

一个穿千鸟格裙子套装的女孩与另一个长卷发选手扭打在一处，抓脸薅头发之类的招数通通使将出来，几件混乱中丢弃在地上的衣服被两人踩得看不出本来形状。两人嘴里也没闲着，互相“问候”彼此女性亲属，词汇量之丰富，教人目瞪口呆。

远兮隐忍几秒，发现没有人注意到她，而导致这场不必要斗殴的文森特则一手搭在长排衣架横档上，一手插在裤袋里，笑吟吟作壁上观。

“都闹够了没有？！”她强忍怒气，轻喝。

远兮接受过专业训练，音调不高，音色却清澈明亮，这一声令得休息区里围观选手叽叽喳喳乱成一锅粥似的低语迅速消弭于无形，只余两个还在厮打的女孩子。

远兮走近两人，伸手一左一右抓住她们一人一边手肘，拇指一按，轻轻一拉，两人薅住对方的手便不由自主地松开，千鸟格女孩甚至露出痛苦表情。

“闹够了？”远兮的手朝两边推送，将两人距离拉开，沉声问，“谁来告诉我，为什么会打起来？”

她本就生得高，最近又晒得比往常黑了些，凝目询问，就显得格外严肃。

千鸟格轻咬嘴唇，揉着手肘，瞪视远兮不说话，长卷发却竹筒倒豆子似的，有一肚子话要说。

“她自己来得晚，好的床位都挑完了，只有几个靠门或者是靠卫生间的上铺，她不喜欢，想和别人换。”长卷发伸出染着星空色指甲油的手朝千鸟格一点，“她看准佳馨不能还嘴，坚持要同佳馨换床位，我看不过眼，仗义执言，说了她几句，她就记恨我和佳馨。”

“你胡说！骆佳馨都没反对！要你狗拿耗子！”千鸟格反驳。

“佳馨怎么反对？”长卷发看一眼被乔笑绵揽着肩膀站在一旁的骆佳馨，转而继续对远兮说，“她没换成床位，心里憋着一股火气，等来录影棚集合，挑选服装时，就百般别扭，佳馨看中哪一件她就非要去抢哪件，结果自己耽搁时间，衣服都被别人挑走……”

围观选手纷纷点头，表示长卷发此言非虚。

“佳馨被影响得也没挑到心仪的衣服，只剩最后几件没人要的，她随手取了一件，她一看就冲过来想从她手里抢走，导致衣服都被她撕坏。我实在忍无可忍，上前制止，一言不合，就打起来了。”

远兮弯腰捡起地上因为两人争执扭打而被踩踏得不像样的衣服，又向骆佳馨招手，示意把撕坏的衣服拿过来。她接过粉色缀蕾丝轻柔薄软的真丝衬衫，注意到有两条轻飘飘的系带被撕裂，摇摇欲坠地挂在袖口。

“已选好衣服的选手请去更衣室，抓紧时间。”她将粉色真丝衬衫还给骆佳馨，用手语安慰她：你先去换衣服，坏了的地方，我们待会儿一起想办法。

骆佳馨含泪点点头，由乔笑绵陪着，两人一道往更衣室去。

很快整个休息区只剩千鸟格、长卷发和远兮。

“你们真要在大庭广众、众目睽睽之下，把自己这一面毫无保留地展现给所有人看？”远兮抬手指一指休息区内无处不在的摄像头，问。

两人不吱声。

远兮捏一捏眉心：“她好歹还能给观众留下一个仗义执言的印象，你呢？此役伤敌一千，自损八百，很好玩？”

长卷发露出一个知错的表情，远兮将手里两件脏污程度不相上下的衣服中的一件递给她：“快去换衣服吧。”

千鸟格双手抱臂，仍一副不服气模样，远兮晓得一时半刻说什么她都未必听得进，只将剩下的那件柳绿色、上头珠片在踩踏过程中已脱落大半的真丝连衣裙送到她眼前：“系上围裙，基本看不出衣服款式，方便下厨才是首选。”

千鸟格一把夺过远兮手里皱巴巴的衣服，气哼哼地朝更衣室方向走去，每一步脚下高跟鞋都跺得仿佛恨不得把地板踩出个洞来。

始终围观的文森特在衣架前鼓掌："一力降十会，佩服！佩服！"

"最坏就是你。"远兮不客气，"给她们统一服装，大家一样，谁都没话说。现在为一件衣服打起来，多热闹！多博眼球！还未播出已赚足话题！"

"我们可是一档积极健康、文明向上的成长节目，才不靠制造话题博取关注。"文森特否认节目组设置自选服装环节是为看热闹的指控，"何况选手们统一着装多无趣？看不出一丝个性。像现在这样，每个人的性格脾气一目了然，多好！"

文森特此言发自肺腑，真诚无比。

远兮无言以对："暂时没我的事了吧？"

文森特笑眯眯往更衣室方向指了指："还要麻烦你去督促提醒选手们抓紧时间，大家可都还等着她们呢。"

远兮此刻忽然格外能体会大型文艺演出场合各岗位工作人员的不易，要维持现场秩序，又要令节目准时开始、完美落幕，各环节真是不容出一丝一毫差错。

录影棚内发生的这一幕被安装在休息区内的摄像机全方位、多角度地记录下来，即刻被后期选取精彩部分剪辑成一段花絮发送至李厚时手机中。

大胡子看完短短五十余秒视频，笑吟吟地将手机递给赵洋："贵台走马上任的新台长，任人唯亲也就算了，这握着一流资源不用，偏偏要将人才束之高阁，是不是傻？！"

赵洋没搭茬儿，认真仔细将视频看完，又点点屏幕，重新看了一遍，这才把手机还给大胡子："人家才不傻，精明着呢！现在音乐类节目市场日益萎缩，歌手访谈多数交给流媒体平台，歌迷获取偶像作品的渠道越来越多，愿意坐下来认真谈音乐的越来越少。他不趁机裁撤音乐访谈类节目，顶自己的嫡系上位，更待何时？况且演艺圈新人辈出，观众记忆只比金鱼略好一些，没过几天谁还记得曾经红极一时的主持人？倒便宜了你！”

“那是！是我慧眼识英雄。”大胡子自得。

“难道不是你卖季老师三分薄面？”赵洋也是受季江桐赏识进而从主持人大赛当中脱颖而出，一路走至今时今日，自然知道季老师在此事当中起了关键作用。

“在你眼中我竟是如此随便的人吗？”大胡子一捣赵洋肩膀，“我手下可不是什么歪瓜裂枣都能塞进来的。”

赵洋嗤笑，拿白胖手指朝大胡子的手机一点：“请问这位泼辣大小姐是哪里来的？”

选秀比赛节目，谁不想给节目组和观众留下一个好印象？更何况还有无数摄像机拍摄的情况下，装也要装得文雅大方些，除非有恃无恐。

大胡子无奈摊手，嘿嘿一笑：“品牌赞助商是节目组衣食父母，赞助商开口，我实在不好拒绝。”

“想不到你李厚时也堕落了！”赵洋做痛心疾首状。

“大家你好我好，一团和气，那有什么看头？虽然我们是一个积极向上、文明健康的烹饪类慢生活真人秀，但也并不打算制造虚假的完美。”大胡子豹眼一眯，“我们要的就是她们展现真性情，有缺点，才更有进步空间。”

“你就坏吧你！”赵洋简直可以想象五十个年轻女郎在一起，会产生多少让人始料不及的矛盾冲突，“麻烦你关照郁师妹，不要把她逼到爆发那一步。”

大胡子挑眉，不作声。

与赵洋相反，他觉得郁远兮以前所处的环境是她的舒适区，她做的每个决定都谨慎克制，她缺少的正是能将她逼至极限的压力，从而迫使她走出舒适区，激发她更深层次的能力。

恰如最近在网上热传的那短短一段自卫防身术演示视频里，他深信如果不是郁远兮被电视台撤离主持人岗位，内心憋屈，积攒一股火气，她不会去拳房运动以发泄怒气，也就不会令人发现，她原来拥有如此漂亮利落的身手。

他就是想看看，在他施加的重重压力下，她究竟能走多远，焕发出怎样夺目的光彩。

赵洋观察大胡子表情片刻，举起手边养生茶茶杯，当空一举："郁师妹，师哥我尽力了！"

郁师妹正在谷仓录影棚里，协助导演，提醒选手们，按照分组进行小组抽签。

"根据你们所选择的服装风格，为预热比赛第一次分组。"远兮声音不算响，但因为稍早选手们都已见识到她并不只是会耍嘴皮子的前主持人，能动手绝不瞎嚷嚷，所以当下十分配合，互相打量一番后，各自根据衣着，五人一组，分成十组，然后推选一人前来抽签。

远兮说完分组规则后，又用手语对骆佳馨复述一次。

骆佳馨点点头，左右张望，正看见因为热情帮助她而导致最后才挑选服装的乔笑绵向她招手，连忙小步跑向乔笑绵。

她们这组比较微妙，既有乔笑绵、骆佳馨，也有千鸟格、长卷发，另外还有开科迈罗肌肉跑车的柳凝。

其他组都还在客客气气自我介绍阶段，她们组气氛却已直接跌至冰点。

"倒霉！和小哑巴分在一组，还比什么比？直接认输淘汰算了！"千鸟格双臂一抱，怨气冲天。

骆佳馨虽然听不见她在说什么，可看她白眼都快翻破天际，心知她大概没说好话，面上不显，眼睛里到底还是流露出受伤的表情。

“你少说两句！这里没人当你哑巴！”长卷发摸了摸手背上被千鸟格的指甲抓破的地方，嫌弃地走开一步。

乔笑绵左右为难，不晓得是该去当和事佬缓解两人之间一触即发的紧张局面，还是该安慰口不能言的骆佳馨。

柳凝穿着浅灰色羊皮芭蕾舞鞋的脚在吸音地板上“嗒嗒”打着拍子，实在等得不耐烦，一道烟熏过似的嗓音低斥：“你们想继续闹就出去闹！再不去抽签就只能做其他组挑剩下的任务！我去抽签你们没意见吧？”

乔笑绵点头如捣蒜：“没意见！”

千鸟格打鼻子里“哼”一声，拧过头去。

“我没意见。”长卷发一撩栗色波浪长发。

骆佳馨专注远兮的手势，随后点头表示同意。

柳凝立刻迈开长腿走向现场导演，在前去抽签的四五个人之后抽取任务。

“第六组，虾油露鸡。”导演宣布抽签内容。

远兮及时将听到的结果翻译给骆佳馨。

远兮自己参加过校园主持人大赛，也主持过歌唱选秀比赛，对普通人参加竞赛类真人秀节目承受的心理压力深有体会。她能想象得到原本就有听力障碍的骆佳馨要克服沟通上的困难，与普通选手同台竞技，并且应对更复杂多变的环境和突发状况所面临的挑战，对骆佳馨来说，将是双重心理考验。

她希望这个努力说服父母兄长，独自前来参加比赛的勇敢女孩，能在这场真人秀里走得更远，收获更多友情和成长。

而她能为她做的，就是尽量迅速地将节目组和其他选手的话完整无误地转达给她，不让她因为沟通问题耽误比赛进程。

等所有小组抽签完毕，导演一指放在第一排不锈钢流理台上的十个餐盘："每组有五分钟时间品尝各自抽签抽中的菜品，观察菜的色香味形，然后根据自己的判断，去原料间挑选原材料，每组每人有十分钟时间，十分钟后换一名选手，以接力形式完成指定菜品。一切所需器具，在工具墙上都能找到。"

说完热身赛规则，导演立刻宣布比赛："开始！"

选手们纷纷冲向菜品，围在一起观察品尝。

"这道菜很简单……"柳凝用筷子搛起一片鸡胸，浅尝一口，细细品味，随后放下筷子。

"鸡的选择很重要。"乔笑绵轻轻接口。

"那还用你说？"千鸟格埻天撑地，看谁都不顺眼。

没人搭理她，长卷发问："我们怎么安排出场顺序？"

"先确定烹饪步骤，再确定出场顺序，大家说好不好？"骆佳馨在旁比画，远兮替她翻译。

"步骤很简单，煮鸡，浸虾油露。"柳凝看一眼明显不合作态度的千鸟格，"但是火候的把控非常重要。这样吧，你……"

她一指千鸟格："你——叫伍明媚是吧？伍明媚你去挑选食材和煮鸡，剩下的都交给我们。"

"我为什么要听你的？"伍明媚不讲话看起来娇俏可人岁月静好，可一开口就像吞了炮仗，火气冲天。

"你烦不烦？你自己说你想第几个上场？"长卷发隐忍地低咆，"最后一个？"

"到时菜做得失败，你们好怪罪我是吧？我才不要最后一个！第一个就第一个！"

其他人一时沉默。

"那就这么决定，伍明媚第一棒，挑选食材和煮鸡。"柳凝股殷叮嘱，“挑童子鸡，记得拿葱姜、料酒……”

“知道了！”伍明媚打断她，“啰唆！”

这时，导演提醒：“时间到，请每组第一位选手就位。”

等选手们根据分组在料理台后站定，悬挂在录影棚正前方的大计时钟归零，导演再一次宣布计时开始。

所有第一棒选手争先恐后地冲向原料间，场面极度混乱。穿高跟鞋的伍明媚混在百米冲刺似的选手中间，被挤得踉跄几步，落在了后面。等她重新找回平衡，来到原料间，只能在其他选手身后抻长头颈，左右张望，勉强挤进去挑选需要的食材。

当伍明媚勉力拎着菜篮回到料理台前，将食材一样样从竹篮里取出，站在料理台远端的柳凝露出大失所望的表情。

“她怎么选西装鸡？！”

“西装鸡是什么？”长卷发不明所以。

柳凝拼命屏息，以免当场发作。

“就是指已经褪毛、开膛、取内脏，并且去头去爪的养殖场肉鸡。刚才试菜用的，应该是我们浦江本地散养的九斤黄，肉质比西装鸡更鲜香滑嫩。”乔笑绵向长卷发解释，“选错品种，煮制时间和腌制时间都要进行调整。”

她说话的工夫，伍明媚已经开始烧水，柳凝再也忍不住，在一旁指点：“冷水下锅，冷水下锅啊！”

“葱姜也要一起下锅……”连好脾气的乔笑绵都不由得出声提醒。

“你们不要催好不好？”伍明媚满心怨气。她本来以为只要打扮得美美的，在农庄里住几天就好，压根没想到真需要她亲自下厨！

骆佳馨扯扯远兮衣袖，急切地比画。

远兮看明白她的手势后，轻轻攥住她的手腕，将早前被伍明媚撕破的衣袖飘带在她手臂上松松缠绕两圈，然后在手肘下方系一个蝴蝶结，累赘的真丝衣袖顿时显得干脆利落。随后远兮转向其他三人。

“佳馨说她言语不便，最后一棒还是留给表达能力更好的组员，她觉得能对刚才的操作做出补救，所以她想第二位出场。”

“我第三好了。”长卷发举手。

柳凝与乔笑绵对望一眼。

“我第四棒。”乔笑绵朝柳凝点头，“重担要交给你了。”

四人上场顺序分配完毕，导演提醒时间到，换人。

远兮微微用力在骆佳馨背上一推，她即刻进入场地，与手忙脚乱的伍明媚交换。

骆佳馨抬头看一眼归零开始重新计时的大钟，便垂下头去，掀开锅盖查看鸡煮得如何了，顺手拿一个深玻璃烤盘盛出半锅鸡汤，随后迅即将不锈钢炖锅从灶眼上端下来，盖上锅盖，由得鸡在炖锅里焖着。

整个录影棚里嘈杂的人声与燃气燃烧时发出的烈烈声响对她没有丝毫影响，她有条不紊地清洗葱姜，香葱打结，生姜切片，与鸡汤一道放进小奶锅里，倒入整瓶虾油露和少许花雕酒，用大火煮开，转小火慢慢煨制。

趁熬制虾油露的时间，她走至一旁冰箱里取出大量冰块装在不锈钢大沙拉盆里，返回流理台，将盛有焖熟的鸡和鸡汤一起盛入深玻璃碗，埋进沙拉盆中的冰块里，令滚烫的鸡迅速降温。

“时间到！”

长卷发替换下骆佳馨。

“鸡要对半切，熬制好的虾油露也冰镇迅速降温。”

“用冰块，鸡斩件之后再浸虾油露，这样能更快入味！”

乔笑绵和柳凝几乎同时叮嘱，两人对望一眼，彼此心中升起

“她是强劲对手”的觉悟。

连站在两人近旁的远兮都能感受到她们眼瞳深处的电光在空中交会时碰撞出的火花。

不远处另外一组选手因鲜活毛蟹在料理台上到处乱爬而大呼小叫手忙脚乱，录影棚里一时之间热闹非凡。

第六章

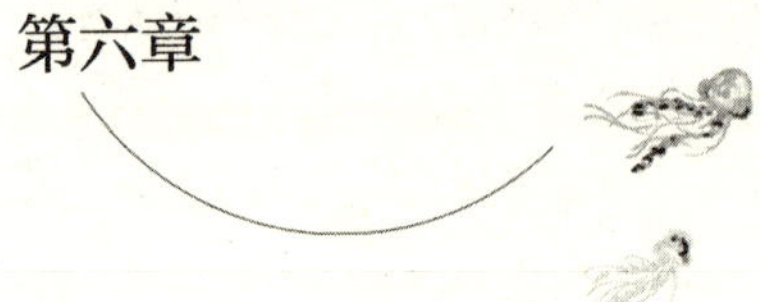

最后她们做的虾油露鸡虽然没能在十组选手里脱颖而出，但至少达到了主持兼评委赵洋的要求，有惊无险地在热身赛排名居中。

“挑选食材时选错最关键的原料，这是你们这道菜整个烹饪过程当中所犯的唯一错误，还是相当低级的错误。”赵洋一针见血地指出，“希望正式比赛不要再犯类似错误。”

伍明媚听得咬紧嘴唇，却不敢反驳。骆佳馨暗暗松一口气，至少她没拖整组人后腿。

乔笑绵勾住她臂弯，朝她眨眨眼睛，两人相视而笑。

热身赛结束后，各组制作的食物便一直处于被拍摄状态，饿得前胸贴后腹的摄制组工作人员抢食一空，从菜肴被消灭的速度依稀能看出一点各组烹饪水平的端倪。

选手们则到休息区休整并接受单独采访。

当乔笑绵从独立采访区走出来，朝面露忐忑的骆佳馨鼓励地举举手臂，骆佳馨深吸一口气，对远兮颔首，一手指向胸口，随即拍打另一手的手背，并向手臂方向移动，最后竖起大拇指，表示她准备好了。

远兮竖起双手拇指："走吧。"

采访区与休息区一门之隔，关上门就将休息区略显嘈杂的人声隔绝在听力之外，但这种节目组刻意制造的安静环境对骆佳馨并没有太大帮助，她所处的世界本来就一片静谧。

她坐在镜头前，整个人因为紧张而微微颤抖。

远兮站在摄影师身边，成为骆佳馨和导演之间沟通的桥梁。

"你来参加《成长吧，厨娘》节目的初衷是什么？"导演开门见山，直奔主题，并不因骆佳馨有听力障碍而迂回婉转，"你觉得你的残疾人身份会在比赛中限制你走得更远吗？"

远兮努力将导演的话一字不差地通过手语转达给骆佳馨。

年轻的女孩脸上短暂的伤心神色一闪而逝，随后抬起头挺直脊背面对镜头：

六个月大时我生了一场重病，服用庆大霉素退烧，结果导致神经性耳聋。家人为此愧疚万分，怕我会受人歧视，始终不赞同我外出工作。我想通过参加比赛，向父母兄长证明我有能力像普通人一样工作生活。我不认为听力障碍会影响我在比赛中的发挥，只会使我更加努力。

"热身赛如果你们组里要淘汰一位选手，你认为谁最应该被淘汰？"导演又抛出一个极刁钻的问题。

骆佳馨有些许迟疑，手上的动作明显变慢，但她并没有回避这个问题：

如果一定要淘汰一位选手，从对烹饪的理解以及操作的熟练程度来说，我认为应该淘汰伍明娟。

远兮忽然不再担心这个看见别人争执打架时眼泪汪汪的女孩在比赛中能否出色发挥。她有备而来，任何困难只会激励她去全力克服。

从采访区出来，远兮问她：下午回宿舍休息调整，我不跟你同去，没问题吧？

骆佳馨笑着点点头，露出两排洁白牙齿，整个面孔鲜活得仿佛在发光。

远兮冲她做一个“加油”的手势，然后目送她跑向休息区，与同组队员会合，看着乔笑绵握住她的手，用手指在她手心里写字，而她则频频颔首，也在乔笑绵掌心上写字。

没有什么能阻碍年轻人结交新朋友，远兮微笑。

节目开拍对农庄内工作人员的影响是显而易见的，客房与餐饮部服务员人心浮动，机灵如前台小白早早就与同事商量换班，方便去围观拍摄。没那么机灵的，也难免一有动静就抻长头颈往谷仓方向张望。

许凌昀从来不是以高压政策苛刻下属的老板，从鱼塘回来，看见大堂清洁工拄着拖把站在通透的落地窗前，透过竹林凝望远处的录影棚，不由得清清喉咙，索性扬声对在场所有人交代：“完成分内工作可以相互替换去现场围观，前提是不要妨碍节目组拍摄。”

说罢朝自己办公室走去，身后传来几个服务员的欢呼声，许凌昀听得眼角带笑。经过董晴的办公室，他敲敲门，往里探身：“你不去看看？”

董晴摆摆手里的笔：“一帮子小姑娘烧菜有什么好看的？我就不同小年轻们轧闹猛（凑热闹）了，如果来的是歌神，不用你问，我第一个冲出去。”

许凌昀眨眨眼：“听说节目组每期都会安排知名艺人担任嘉宾评审……”

“都有谁？”董晴眼睛一亮。

“就是他他他，她她她咯。”

“去你的！”董晴将手里的笔掷向许凌昀。

“你女儿知道你这么粗鲁吗？”他哈哈笑，闪身躲过迎面飞来的圆珠笔，伸手一把接住。

“我在家使得一手出神入化的降龙十八掌，你要不要试试看？”董晴女儿年方四岁，正是最调皮捣蛋的时候，上有四老无原则溺爱，丈夫不敢与四老作对，只能投降，剩她一人苦苦坚守严母角色。

“怕了！怕了！”

许凌昀回身进自己办公室，收拾桌上物品，关门离开。

上午的凉意早已散去，下午的阳光将秋雨带来的水汽蒸腾得一点不剩，有种乡间午后特有的懒洋洋的气息。

许凌昀往农庄大门走去，路上看见从旧谷仓散场出来的年轻女郎，三五成群地从农舍经过。她们的到来为秋意沉沉的农场染上浓重的青春活泼气息，连平时只管埋头修剪果木树枝、翻土埋肥的憨厚农场小伙都忍不住慢下手上动作，杵着修枝剪的长柄，眺目张望。

女孩们叽叽喳喳地谈论着，笑声不时乘风传来，她们身前身后是尽职尽责地记录她们一言一行的摄制组。

许凌昀微微一笑，继续朝大门方向走去。经过门房，他敲敲玻璃窗，老杨打里面探出半个头来，瓮声瓮气地说：“你影响我睡觉了！”

许凌昀见他戴着帽子和口罩，将面孔遮得严严实实，千言万语化作一问：“家母炖了羊肉锅子，干脆今晚让小孔替班，你和我回去吃羊肉，如何？”

老杨摇摇头：“我就不去叨扰冯大姐了。再说，小孔特地同我换班，就为了明天能看一群小姑娘穿得漂漂亮亮地在地里追鸡撵鸭，他可不愿意错过看热闹的机会。”

老杨说着，纠结皮肤下的眼睛里露出一丝看好戏的笑意。

许凌昀提手握拳，捣在口鼻前轻咳：“那你接着睡。”

节目组的摄制计划，自然提前与农庄方面沟通过。

一群年轻靓丽女孩，经过一夜休息，本以为就是打扮得精致俏丽，在温暖宜人的录影棚内接受挑剔镜头的审视，绝想不到她们将要面对的是怎样鸡飞狗跳的一天。

许凌昀有些心疼刚刚清理过的鸡舍和鸭棚里的鸡鸭。

不待许凌昀再说什么，老杨忽然一缩头，顺手将门卫室的窗关上。

许凌昀在“哐啷”一记窗框与窗扇撞击声中，听见身后传来清和的询问：“许先生下班了？”

许凌昀回过头，只见郁远兮推着摩托车从几米之外向他走来。

她仍穿着上午那身白棉衬衫搭浅灰毛衣，外罩一件卡其色猎装风衣，只是长及膝盖的衣摆已不见踪影，银色拉链在短风衣的下摆处闪着冷光。

像一个要去追风的少年，许凌昀在心里想。

“郁小姐也下班了？”他一边问，一边帮远兮打开边门。

“老板良心发现，允许我提早下班。”远兮推着摩托车跨过边门上的横杠，摩托车的重量压得铁门一沉，“你往哪个方向？我载你一程。”

许凌昀笑起来，眼角有细细笑纹，指一指前方主干道上的公交站牌：“我坐公交车两站就到家，不麻烦你了。”

远兮遂不同他客气，骑上摩托，戴妥安全头盔，放下护目镜，发动引擎，疾驰而去。

许凌昀站在原地，欣赏地望着半趴伏在流线型重型机车上，如同一道风驰电掣的流光驶远的远兮，想起前台小白大力向他科普郁远兮其人，并展示给他看的那段火爆网络的小视频。

她仿佛——对新工作适应得很好——全然不介意从原本屏幕上光鲜亮丽的著名主持人到网络综艺节目组四处受人差遣的助理的身份转变，既不垂头丧气，亦不怨天尤人。

当她的背影彻底消失在他的视线当中，许凌昀慢条斯理地拉上边门，从铸铁雕花的间隙伸手将门闩插好，这才走向公交车站。

许凌昀到家时，刚刚下午四点，邻家摆在院子里的牌局还未散去，嘴里叼着香烟的邻居大叔手里码着麻将牌，尚有余暇眼观六路耳听八方，瞥见他从铝合金栅栏门前经过，扬声同他打招呼："哟！小许今朝噶（这么）早回来？来白相（玩）两局！"

"回来有点事，等有空来同你打牌。"许凌昀婉拒大叔的邀请，快走几步，来到自家院子前，推开门。

许家小小的院落里沿着墙根种了一溜小叶黄杨，入秋了也是一派碧绿青葱景象。通往两层小楼的青石板路两侧搭着拱架，各栽了些藤本月季。眼下花季已过，藤蔓上花凋叶敝，预示着秋日将尽。

许凌昀大步跨上台阶，在门口换下鞋底沾着些许泥土的越野鞋，换上软底拖鞋，进入室内。

家里的房子原由照管农场的一对老夫妻借住，自他接手农场，老夫妻俩觉得年事已高，双双辞工投奔子女，房子便闲置下来。他当时正因刚接触农场一应事务，忙得脚不点地，常常一天睡眠不足四小时，母亲心疼他在市区和农场之间来回奔波，遂提出陪他一起住到乡间来。

母子二人一商量，决定就近住在镇上，小院离农庄不算远，交通、购物也方便。

如此一住五年。

在母亲布置之下，原本清简蒙尘的农家小院，变成如今花木扶疏、窗明几净，处处透出巧思的宅院。

许凌昀在楼下客厅里闻见一股诱人的肉香，循香而去，推开厨房的门，只见燃气灶上坐着一口双耳黄铜锅，“咕嘟咕嘟”热气直冒，将锅盖顶得掀开一条缝，肉香正从缝隙散到空气中。

他忍不住上前揭开锅盖，大块大块的羊肉与萝卜一道在铜锅里随着沸腾的奶白色羊肉汤翻滚浮沉，香气扑面而来。

许凌昀重新盖好锅盖，出了厨房，跑上楼，敲敲母亲的房门，随后推门而入。

许母冯宪珍正穿一件孔雀蓝丝绒旗袍，站在穿衣镜前，变换角度，自我审视。听见响动，她转过身来，朝儿子招招手。

“小昀你来得正好！帮我看看，我穿这件旗袍好不好看？”

冯宪珍个子不高，但皮肤白皙，虽然已经六十二岁，但因为人心态宽和，穿着剪裁得体的旗袍，看起来倒像五十余岁的样子。

“再搭一条珍珠项链就完美了。”许凌昀实事求是，“您这是有约会？”

“我哪里还有什么约会？”冯宪珍没搭理儿子关于珍珠项链的建议，从一旁衣架上取一条烟蓝色披肩搭在肩膀上，对着镜子照了照，“王佩宁，王阿姨，你还记得吗？”

许凌昀努力回忆了一下：“以前和我们一起住在小南门董家渡路上的王阿姨？”

许母点点头，又在另一边肩膀搭一件灰色针织外套：“她组织我们老邻居聚会。”

“你们仿佛已失去联系多年，又联系上了？”许凌昀好奇。

小南门是浦江老工人新村之一，居住环境不佳，许多居民等不到拆迁，都早早买房搬离逼仄低矮的老房子，只有一些老人还坚守在那片最后的老城厢里，不愿离去。

冯宪珍笑起来："要是摆在老底子（放在从前），大家从小南门搬出来，各奔东西，可不就是彻底失去彼此音信？幸好如今有万能的'朋友圈'，兜兜转转，我们便又联系上了。"

她在穿衣镜前，原地转了一圈，眼里有期盼之色。

母亲愿意外出会友，许凌昀是乐见其成的。

五年前，欠了一屁股债的父亲毫无一点担当地独自逃往外地，他和母亲两人不得不应对凶神恶煞般找上门来讨债的一群恶棍，收拾他留下的烂摊子。母亲虽然嘴上从来不说什么，可是整个人到底消沉了不少，上得好好的老年大学说不去便不去了，一帮原本常来常往的姐妹也渐渐疏远。

幸而搬来郊区后，母亲实在闲极无聊，一点点摸索，开了一家网上小店，专做定制旗袍业务。凭借三十年服装厂打版师的经验，渐渐闯出些名堂，累积不少忠实客户，慢慢连低落的精气神也差不多恢复到变故发生前的状态。

许凌昀希望母亲能像五年前那样，练字、画画，得闲约三五好友逛街喝茶，悠然又充实地享受退休生活。

"对了！王佩宁特地叮嘱，让我带你一起去。"冯宪珍放下披肩和斗篷，轻轻一拍额角，"她说我们多年不见，孩子们都长大成人，应该介绍彼此互相认识，往后你们这批独生子女也好守望相助。"

"我如果说不去，您是否会同我断绝母子关系？"许凌昀声音里带着一点点笑意。

"断绝母子关系一天！"冯宪珍答得斩钉截铁。

"这么严重？那必须去了！"他眉眼温和，全看不出来心有芥蒂的样子。

冯宪珍看着高大英俊，皮肤晒成金棕色的儿子，欲言又止，许凌昀却一拍巴掌："我下去看看羊肉锅子，要是烧干就不妙了。您换了衣服下楼，我们吃饭吧。"

许凌昀替母亲拉上门，下楼去厨房关了火，将铜锅端到隔热垫上。一转身瞥见一旁流理台上一把碧绿生青的蒜叶，他伸手摘下厨房门边挂着的围裙系上，取漏盆洗蒜叶，沥干，切寸段，转而又去羊肉锅子里盛出一大块炖得骨酥肉烂的羊胸肉，改刀成小块，热油爆香大蒜头和茴香籽，又倒入羊胸肉一起爆炒。

一时间整个厨房里满是羊肉遇见热油产生的热烈而美妙的味道，也不必放太多盐，只消加入青蒜叶，那么一颠一抄，出锅前撒一撮孜然，便蓬勃出令人向往的香气。

许凌昀把青蒜炒羊肉盛到用开水烫过的小陶煲里，与羊肉锅子一道端到饭桌上，从电饭煲中盛出两碗米饭，连同筷子汤匙都摆放好，许母也换了居家衣服下楼来。

看见桌上的饭菜，冯宪珍竖起拇指："我儿子，出能干得了农活，入能下得了厨房，这是我培养得好啊！"

许凌昀闻言哈哈笑："军功章全都是您的！我不同您抢。"

"这几天农场里有没有什么趣事？"冯宪珍有些好奇，儿子农庄出租给真人秀节目组做拍摄场地的事，她略有耳闻。

趣事？许凌昀想一想："听说选手第一天就上演全武行，这算不算？"

"这么刺激？"冯宪珍睁大眼睛，慨叹，"年轻真好！有什么都挂在脸上，咬牙切齿，七情上面。隐忍是什么？听都没听说过！"

他们年轻时，在单位哪怕与同事之间产生龃龉，也很少当面撕破脸，大家皮笑肉不笑，面上总归是和和气气的。

"要不然怎么会说'年轻气盛'呢？"许凌昀用汤匙盛一碗炖羊肉递给母亲，"等在社会上历练得久了，自然而然，就会收起锋芒，四平八稳。"

"像你这样是吧？"

许凌昀耸肩："我不一样！我是少年老成。"

冯宪珍一怔："你这么自恋，你妈妈知道吗？"

许家两母子其乐融融地吃饭时，城市另一头，郁远兮将摩托车停进地下车库，搭电梯上楼，正遇见接孙女从课外辅导班回来的管阿姨。

管阿姨一看远兮手里拎着摩托车头盔，大惊小怪地低呼："小郁你现在不开车，改骑摩托车啦？哎呀！骑摩托车老不安全的！肉包铁啊，多危险啊！"

远兮礼貌地微笑，没接管阿姨的话茬儿，随后微微垂头朝胖嘟嘟的小女孩眨眼睛。

"我觉得小郁阿姨这样好帅！"囡囡仗义执言。

"侬小朋友懂啥子懂？！"管阿姨轻斥，"小姑娘要有小姑娘的样子！"

囡囡委屈地噘嘴，她觉得郁阿姨帅，有什么问题吗？

管阿姨继续苦口婆心地劝远兮："小郁，不要因为失业就自暴自弃，此处不留人，自有留人处！是金子总会发光的。"

"谢谢管阿姨，我会努力的。"远兮语气诚恳。

虽然管阿姨素爱家长里短，但她这番话总归是好意。

远兮态度如此配合，仿佛鼓励了管阿姨："我上次同你说的，那个世界五百强的海归，年富力强，有车有房，在公司里握有实权，你有空和他吃顿饭，认识一下，交个朋友，让他给你在公司里安排个职位……"

远兮汗笑："我已经找到新工作了。"

"啊？这么快？！"管阿姨有些不相信，"小郁侬覅（不要）放不开面子骗我，失业没什么见不得人的，多认识个朋友也没什么损失。"

管阿姨喋喋不休，远兮无奈地望着电梯内显示屏上慢慢跳动的数字，内心暗喟：早知如此，还不如爬楼梯来得清静。

远兮回家，推开门，便闻见厨房里传来香味。她一边换鞋，一边扬声招呼："老爸，我回来了！"

郁侑庭闻声从厨房探出半身来："你先洗手，晚饭还要等一歇歇才好。"

"妈妈呢？"

"她带队领学生参观博物馆去了。"郁侑庭抬眼望望电子钟，"差不多快回家了。"

果然远兮洗手换好居家服从自己房间出来，正碰上母亲推门进来。

"今天这么早？"郁母有些意外。

自从女儿换了工作，每天早出晚归，常常他们夫妻都已经睡下，她才披星戴月地走进家门。

"老板良心发现，准我休息一天。而且前期准备工作已经全部结束，今天正式开始拍摄，没我什么事啦！"远兮上前接过母亲的背包，手上蓦地一沉，"妈你包里装着什么？这么沉！"

"学生交上来的作业。"郁母伸手捏一捏女儿脸颊，"要是实在太辛苦，我们就不干了，你休息两年，读书、旅游，随便你喜欢做什么。爸爸妈妈养你还是养得起的！"

"有您这句话，胜过定心丸。"远兮将头偎在母亲肩膀上，"有一天职场实在混不下去，我就安心回家啃老！"

"谁？谁要啃老？"郁侑庭托着烤盘从厨房出来，听见一句话尾，不明所以。

"我！"远兮举手。

郁爸爸闻言大惊失色："你是谁？快把我那积极进取、激流勇进的女儿还回来！"

远兮笑得打跌：“妈！你看把爸爸吓的！”

“来，打起精神，尝尝爸爸新学的嫩烤鱼肉馅羊胸肉卷！没有什么困难是一顿美食不能解决的！”

“一顿解决不了，那就两顿。”远兮朝母亲挤眼睛。

陶穆摇摇头，两父女神经都钢铁一般结实。

郁侑庭十分自得：“这是我跟着米其林三星厨师的视频学的，看看，能打几分？”

他取整片羊胸肉稍微调味腌制后铺上一层鱼蓉，卷起后用细棉线扎紧，拿橄榄油煎得表皮呈金黄色，放进烤箱里，一百七十度上下火烤两个半小时。羊肉卷从烤箱中取出来的时候，香味四溢，解开细棉线，刀轻轻一划，羊肉的汁水便顺着切面流出，油润喷香。

远兮取过刀叉，切下一角羊胸肉送入口中。

经热力催化，羊胸肉的油脂释出，混合孜然、罗勒等香料的香气，被鱼肉充分吸收，产生奇特的化学反应，一切完美得恰到好处，焕发无与伦比的鲜美味道。

远兮连吃两片羊胸肉卷，这才放下刀叉：“十分满分的话，我给您十一分！老爸你要是不当街道干部，去开餐厅，绝对能评得上米其林厨师！”

陶穆点点头，深以为然。

郁侑庭一捋下颌并不存在的胡须：“哇哈哈哈！”

一家人吃过晚饭，陶穆在客厅里将今天带学生们去参观博物馆拍的照片导入电脑中，方便上传到学校网页，远兮帮着父亲收拾餐桌、清洗餐具。

待饭后收尾工作完毕，远兮端一盘去皮切片的冰糖梨给母亲，看一眼母亲放在手边的厚厚一沓作业本：“我帮您批作业吧！”

陶穆摆摆手：“不要！你心慈手软，小时候吵着帮我批作业，该扣分的地方不扣。批评你你还振振有词：学习多辛苦啊？少扣一点嘛！”

远兮被母亲提起自己黑历史时嫌弃的语气逗笑：“多少年前的事了，您还记得呢！”

“你啊，同你爸一色式样，大大咧咧的，又总爱替别人着想，吃的亏还不够多吗？”

远兮叉起一块冰糖梨送到母亲嘴边：“怎么又反攻，倒算起我来了？您吃块梨，消消气。”

陶穆斜女儿一眼：“态度这么好？说吧，又有什么事？”

远兮嘿嘿一笑：“果然逃不过母亲大人您的火眼金睛！您再推荐个手语翻译给我呗！”

陶穆停下批阅作业的笔：“小常不符合你们节目的需求？她的手语翻译能力在本领域相当出色。”

“常老师家里出了些状况，她女儿车祸入院。”远兮颇觉遗憾，节目组给手语翻译的薪酬不低，“她实在没法两头兼顾。”

“那是照顾女儿要紧。”陶穆轻叹，“行，我再帮你问问。”

“老妈最棒！”远兮赶紧拍马屁，“解我燃眉之急。”

“既然我解了你的燃眉之急，你怎么感谢我？”

远兮作势要给母亲按摩，陶穆轻轻拍开她的手，旧事重提：“下周六晚上，陪我一道去和王阿姨吃饭。”

“收到！一定不辜负组织对我的期望！”远兮坐正敬礼。

“去，和你爸饭后散步去！顺便把垃圾扔掉。”陶穆重新投入工作，头也不回。

“别打扰你妈，走！爸爸带你深入到群众中去。”郁侑庭大手一捞，拉过女儿，不忘向妻子邀功，“保证完成任务！”

远兮深深觉得自己是父母之间锃亮无匹的电灯泡。

两父女拎着厨余垃圾下楼，郁侑庭一路停下数次与邻里交谈。

“秋冬防火安全演练下周三召开，鲁师傅到时候记得参加。”

“孙阿婆最近身体好吗？秋冬季节，家里要勤通风换气，注意燃气使用安全。”

“张家姆妈，遛狗要拴绳，这是对自己负责，也是对你家璐璐负责。”

等两父女走到分类垃圾站，分类站前已守着一排晚上出来丢弃厨余湿垃圾的小区居民。垃圾分类协助员正在仔细区分垃圾类别，协助小区居民将垃圾分别丢进干、湿、可回收、不可回收的垃圾箱内，然后在相应的积分卡内存入一定积分。

远兮看见婆婆妈妈、阿姨爷叔们拎着分类垃圾袋在垃圾站前排队，相互间招呼、闲谈，计算着多少积分能换一件什么生活用品，聊得不亦乐乎，全看不出最初的抵触情绪。

从分类垃圾站建成启用，生活垃圾早晚两次定时分类丢弃的新措施实行，由最初居民怨声载道，嫌垃圾分类增加日常生活负担，到现在大家接受新垃圾处理方式，有序处置生活中产生的各种垃圾，只用了不到一个月时间。

生活像是蕴含巨大能量的浪涌，带动大多数人，随潮起潮落，不断前行。一切繁难，叫苦不迭也好，甘之如饴也罢，终将被抛在身后。

两父女心平气和，排队扔完垃圾，远兮摇一摇手中积分卡：“离兑换液晶平板电视所需积分还差十万八千里。”

郁侑庭失笑，大掌一拍她肩膀：“把液晶电视留给有需要的人吧，女儿！”

父女二人一路走，远兮一路简单说了说工作近况。

“李老师为人粗中有细，并不无理取闹，所有指派给我的任务看似繁复琐碎，但都是制片人工作中的关节所在。”远兮眉目悠然，“与不同部门同事接触，协调进度，和以前主持人岗位上的工作截然不同，压力共辛苦之外，有不少有趣收获。”

郁侑庭拊掌而笑：“这才是我女儿！一点点挫折算什么？！”

说话间父女俩走近拳房，远兮留意到阳光活动中心平时下班后空空荡荡的院子里停着不少汽车，新岸拳房门口原本左右两排停放脚踏车与电动车的车棚前也被几辆小排量汽车占据了空间。

“最近拳房生意这么好？”她格外多看两眼其中一辆颇眼熟的斐钻蓝色领航员。

以前到拳房健身、上课的会员，多半是附近居民，大家饭后有空，就慢悠悠步行过来，有些稍微住得远一些，最多不过是骑共享单车来。像眼前这样停满汽车的盛况，还是头一遭。

“你不知道？”郁侑庭有些意外。

远兮回父亲一个满脸问号表情。

“进去你就知道原因了。”郁侑庭卖关子。

第七章

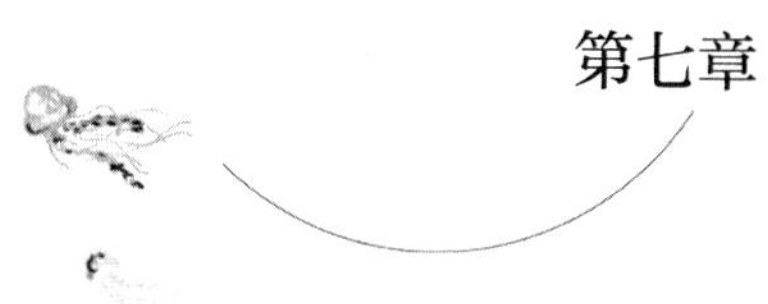

拳房里一派热火朝天的热闹景象，门口上中下三排鞋柜平时绰绰有余，此时却是一空难求，不少鞋子不得不暂时放在雨天搁伞用的伞架上。往常为省电，一两个无人训练的区域灯都不开，这会儿灯火通明，映得落地玻璃窗上人影憧憧。

“这么热闹！”远兮一边坐到门边长凳上换鞋，一边纳闷，“新请了颜值过人的教练？”

站在另一边饮水机旁喝水的小祁几乎一口水喷出来，难以置信地望向郁爸爸：“小师姐不知道？”

郁侑庭摊手：“不知道。”

人高马大的小祁捧着保温杯“嗖”一下蹿到远兮身边，顺势坐在长凳上，拿肩膀顶顶远兮：“你现在可是网络红人了！”

远兮不明所以，怎么下岗反而成网络红人了？

“你究竟从哪个山坳旮旯里回来的？”小祁朝离他最近的一个坐等上课的小少年学员伸手，“杠杠，手机。”

少年乖乖奉上手机。

小祁从手机里找到小视频应用，很快搜索到一段播放量惊人的短视频，播放给远兮看。

那噪点严重且微微晃动的视频明显由手机偷偷拍摄，但仍能清晰辨别影像中她的面孔和一气呵成的动作。

“重心再往后一点，力度能大幅提升。”换上功夫鞋的郁爸爸凑过头来，指点一句，“还是疏于练习了。”

远兮朝小祁吐吐舌头。

小祁偷乐，随后对着拳房里扬扬下巴：“喏，全是慕名而来的学员！原来只勉强凑齐一个女子防身术班，现在已激增至三个班。”

“我现在撤还来得及吗？”远兮骇笑。

“来不及了。”小祁起身。

原本有他高大健硕的身躯挡着，倒还没人留意门口长凳，他蓦然长身而立，顿时吸引不少目光，拳房里渐次响起“郁远兮来了”的低呼，教练不得不出声提醒学员们集中注意力。

远兮没眼看：“小祁哥，你觉得这场面像不像动画片《小飞龙》里水母们伸长触须传递消息：‘阿钟来了！阿钟来了！’像不像？”

小时候放寒暑假，父亲上班，母亲虽然放假，但仍响应学校号召，针对有些无法融入集体的特殊学童送教上门，进行一对一辅导，于是就把她放在拳房办的假期班里。小朋友们上午集体做作业，中午在拳房吃饭，下午练拳，傍晚看一会儿动画片，等到家长下班，再把他们领回家去。

远兮和小祁都曾在新岸拳房里度过泰半寒暑假时光，拥有许多共同回忆。

小祁想一想，点头同意：“你别说，还真像！”

他将保温杯放回饮水机旁，伸展四肢，侧脸朝走向场地的远兮一笑，忽然一拍巴掌，扬声宣布：“都好好练！今天谁练得最认真，进步最明显，我给你一个和郁师姐单独过招的机会。”

拳房里响起一片热烈的欢呼声，连几个明显动力不足磨洋工的学员都打起精神，努力跟上师傅的节奏。

“祁振英！”远兮指骨捏得“咯咯”响。

小祁哈哈笑着跑远。

远兮无奈地摇头，脱去外套，挂在一旁休息区的衣架上，走到热身区域先进行抻拉热身，随后顶着学员们过于炽热的目光，往拳房比较冷清的一角走去。

新岸拳房里有传统武术、太极班，也有自由搏击、自卫防身术班，还有两个冷门的巴西战舞教学小班。这冷清的角落平时由巴西战舞教练与一两个学员占据。

这会儿教练正在指导一名学员动作，另一名穿灰背心的学员则站在一旁拿毛巾擦拭脸上汗水。当远兮走近，灰背心将毛巾挂在脖子上，露出一张娃娃脸，恰与远兮四目相对。

远兮微微瞪大眼睛，半捂了脸：“严……”

严灵一头浓密黑发扎在脑后，天生甜美娇俏的脸脂粉未施，显得比实际年龄年轻好几岁，脸上带着运动过后的红晕。

她伸出一根食指竖在口鼻前：“嘘……”

随即霸道总裁附体，上前一把拽住远兮手腕，将她拉到角落里，毫无形象地往地垫上一坐。幸亏有一个悬挂速度球的立柱挡在前面，不太能看清楚她们在角落里大咧咧的坐姿。

“不问我为什么来？”严灵抱住远兮的手臂不放。

远兮怕拍开她动作幅度太大，引人侧目，只好从善如流地问：“为什么？”

"人家想你了呀，死没良心的！"严灵娇嗔，将面孔靠在远兮肩膀上。

远兮情不自禁打个寒战，拿另一只自由的手推开严灵的俏脸："好好说话！"

严灵不以为意，再接再厉地凑近远兮："人家真的想你了嘛！"

远兮似笑非笑地斜睨她一眼："是想我在你和吴婉婉之间充当减压阀和事佬吧？"

严灵一怔，微微张大了嘴，难以置信地望着远兮清隽的侧脸。

远兮伸手一拧她挺翘的鼻尖："你真当我看不出来你俩之间的暗潮汹涌？"

她只是不愿意掺和进同事之间的明争暗斗而已，有这点钩心斗角的工夫，还不如好好提升自己的业务水平。

"你！"严灵气得两腮鼓鼓，"你是不是傻？！"

远兮只管微笑。

严灵两手攥住她臂膀，用力摇撼："吴婉婉才不会感激你的'好心'！你不公开表态支持她，就天然站在她的对立面、站在我这边了！"

远兮啼笑皆非："你们是小学生？"

严灵泄气："你看不起我们。"

"绝对没有！"远兮举双手喊冤，又拍一拍严灵手背，"既然我'天然'站在你这边，说吧，吴婉婉又做了什么？把你气得一佛出世，二佛升天。"

严灵冷哼一声："她还能做什么？不就是第一时间跑去领导面前表忠心，愿意积极配合这次节目改组，服从组织分配，无论台里把她派去什么岗位都无怨无悔，一定敬业乐业，如此这般，这般如此。"

"你也去表忠心啊！"远兮失笑，"这种事，宁可迟到，不能缺席。"

“那你怎么不去？！”严灵气得猛掐远兮胳膊。

“我？”远兮靠在墙上，“以我的身手，我怕自己还没上前献投名状，先忍不住把猪头三揍得气若游丝。”

“我不想去。”饶是严灵情绪低落，也被远兮逗笑，“我也怕自己会揍他。”

“你的新节目有着落了吗？”远兮像撸猫一样轻抚她的头顶。

“台里打算让我主持一档由旅游局协办，介绍冷门小众目的地的旅游节目，已经参加过两次策划会。”严灵眼放金光，“我打算像赵师兄那样，成立一个自己的工作室，独立策划制作节目，不再完全依赖台里的资源。”

远兮有些意外地望向严灵。

严灵嘿嘿笑：“我又不是真的傻白甜，活泼娇俏的人设又不是万灵丹，可以吃一辈子。”

“祝你成功！”远兮真心诚意。

她毕业后进入电视台，一路与严灵、吴婉婉搭档主持节目，虽然性格截然不同，可到底共事五年，并不是没有一点情谊的。

严灵搓搓手：“我听赵师兄说，你目前在给李老师当助理？”

远兮轻笑：“你都听赵师兄说了，还能有假？”

“当李老师助理能有多少工资？”严灵一双白白嫩嫩的手抓紧远兮的胳膊，“我出两倍薪酬，请你到我工作室来挑大梁！”

远兮笑意不减，下巴微微朝上方挑了挑：“你不担心上面那位看我不顺眼，进而为难你？”

新台长度量未必不够，可他的内侄却是个心胸狭隘、睚眦必报的小人。

严灵一噎。

自从袁女士结婚生子，浦江女主持人一姐的位置便一直是台里备受瞩目的存在，稍微有些实力的女主持都希望能成为新一姐。远兮本来是最有实力的竞争者，可惜不爱拍领导马屁、不喜欢应酬，因此得罪了广告部主任，这才导致在节目改组过程中从主持岗位被撤了下来。

远兮起身，伸手将严灵从地垫上拉起来："我挺满意目前的状态，在李老师身边能学到很多原本主持人工作时不了解的东西，你也要在新节目里大放异彩！"

严灵直愣愣盯住远兮两秒，倏忽展颜一笑："郁远兮，我有没有说过我喜欢你？"

远兮拍一拍她肩膀："说过了，不止一次！我知道你们都喜欢我！来，让我看看你的巴西战舞练得如何了？我们比画两手！"

严灵抱住自己的双肩瑟瑟发抖："我怎么打得过网红你啊？"

"小郁师姐可以让你三招。"那边听见两人对话的教练过来凑热闹，"我赌小郁师姐让你三招也能在三招内制服你。"

"你还是不是我的教练？有你这样长他人志气，灭自家威风的吗？"严灵觉得自己弱小又无助。

"对嘛，不要欺负新手，让她五招好了。"太极教练也慢悠悠踱过来，加入赌局。

拳房里的师傅们、学员们渐渐聚拢过来，将两人包围在场地中间。

"你们如此狠心对待我这个娇娇柔柔的美少女，真的没事吗？"无路可退的严灵欲哭无泪。

"今次说好了，这是我们拳房新老学员内部切磋，谁也不许录视频！要是让我发现有人掏手机，永久从我们拳房除名！"小祁振臂高呼。

围观人群发出嘻嘻哈哈的应和声。

"知道了，教练！"有乖的。

"我女朋友打电话来都不能接吗？"有调皮的。

“让我和郁师姐切磋切磋，我就不拍。”也有讨价还价的。

小祁虎目圆瞠：“来，你！就是你！你过来！先和我切磋一下，过得了我这关，才有资格往小郁师姐跟前站！”

讨价还价的男孩子一缩脖子。

众人哄笑起来，整个拳房里热闹非凡。

直到揉着半边后背坐在豆浆油条店里，严灵仍百思不得其解：“你到底如何做到在让我五招之后只用腿一勾一卷，就把我摔得半死的？”

她边说边比画，抻动后背肌肉，“咝”一声露出痛苦表情。

远兮按住她的手：“刚冷敷过，动作幅度不宜太大，二十四小时后记得喷教练给你的喷雾。”

严灵半托香腮：“我以前怎么没看出你有这么好的身手？难怪你吃那么多都不胖！像吴婉婉，为保持身材，这两三年一口晚饭都不吃呢！”

远兮汗颜：“她那才叫严格自律，我远不如她。”

“有什么瘦身秘诀？快快说来！”严灵目光灼灼。

“坚持锻炼。”远兮笑意盈盈。

“忙起来昏天黑地，哪儿有时间锻炼？！”严灵夸张。

“试试打速度球，练搏击操，不必久，三十分钟即可。”远兮回眸望一眼拳房方向，“一周练三五天，持之以恒，效果显著。”

“看起来我需要魔法：不劳而瘦！”严灵长叹。

“如果有这样的魔法，请一定不吝与我分享。”远兮接过送餐阿婆手里的托盘，道谢后将托盘推到严灵眼前，“来尝尝这家只在晚上开门的点心店的豆浆和油条。”

严灵瞪一眼盛在蓝边大海碗里乳白色的豆浆，再看看一边碟子中剪成两段婴儿手臂粗细的大油条，“我哪里吃得下？！”

“试试看，不好吃你给我。”远兮把装酱油膏的小碟放在严灵面前。

“豆浆油条，能有多好吃？”严灵嘀咕着，拿筷子搛起一段油条，蘸一点酱油膏，送进嘴里咬下一小块，眼睛不由得一亮，细细咀嚼，只觉得香脆异常，不似快餐店里的无矾油条，韧而不脆，没一点香味，毫无灵魂。

咽下油条，再喝一口乳白色冒着热气的甜豆浆，豆浆甜润香滑，带着一股外头早点摊上袋包装豆浆所没有的醇厚豆香。

严灵咕嘟嘟连喝好几口，这才赞叹不已地放下大海碗：“怎么这么好喝？”

恰好经过她身边的送餐阿婆听见，笑眯眯地用一口带着浓重客家腔的普通话说道：“啊我们是小本经营，但用的都是最好的原料，最能保留原味的工艺。”阿婆脸上带着自豪的表情，“我们家的豆浆用的是东北原生非转基因黄豆，连水都从东北一起运过来，只有那边的水才能磨出这样香的豆浆，本地的水就是不行。啊你说奇怪不奇怪？”

邻桌食客笑问：“是不是真的啊？”

阿婆谈兴颇浓：“啊怎么不真？我们做过试验的哦！还有啊，现在外面很多做豆浆都是用粉碎机打碎豆子，那怎么能好喝哦？我也不是老古板，不接受机器化，不过豆浆始终都要磨出来才香才浓的嘛！我们用的是那种低速研磨机，模仿石磨工作原理，磨出来的豆浆又香又滑。”

严灵一边听阿婆讲如何熬豆浆，一边将两根油条蘸着酱油膏吃得精光，末了还意犹未尽，捧起大海碗，把豆浆喝得涓滴不漏。

远兮咋舌：“我低估了你的实力，你不减肥了？”

严灵掩嘴打个小小饱嗝：“不差这一顿。”

暖黄灯光下，美人即使打嗝都是好看的。

远兮微笑，结账后两人并肩走向街边停车场。

娇小的严灵挽住远兮手臂：“我早前的提议，你再考虑考虑。”

远兮不意她竟然还没放弃游说自己：“我暂时没有重回幕前的打算。”

严灵幽幽轻喟：“我知道你这回伤了心，到底意难平。可你要是就这么退到幕后，不就真应了外界的谣言？”

“又有谣言？”远兮百思不得其解，“作为一个灰溜溜下岗的前主持人，我身上应该没有什么热点吧？”

严灵犹豫片刻：“我不是想背后说人是非，只不过你和香格里拉网络电台的麦樱子，是否有什么过节？”

麦樱子？远兮听见老同学的名字，微微一默。

当年只不过是因为同寝室好友麦樱子对比赛跃跃欲试，为壮胆拉她一同报名，她才抱着去见见世面，顺便陪跑的想法，参加校园主持人大赛。

然而命运像一双顽皮的手，打乱麦樱子充满雄心壮志的计划。做足准备的她没能进入决赛，反倒是前去助阵陪跑的远兮，如同开挂，一路过五关斩六将，从海选杀入总决赛，备受评委老师青睐。老师指出她唯一的缺点是主持风格过于端正，有失活泼。

往事历历在目，仿佛昨日。

“我们是大学同学，毕业后各自忙碌，鲜少往来。”远兮不愿意提起好友之间在主持人大赛后罅隙渐生，终至友情难以维系的旧事，只简单一句带过。

严灵闻言并不追问，只提醒远兮：“她在若干不同场合话里话外说你自视甚高，没有团队精神，难以相处，所以……”

她点到即止。

麦樱子在网络主持人界小有名气，又长袖善舞，放得下身段愿意与赞助商应酬，因而颇有人脉。她类似的话说多几次，有些对远兮意动的制作团队，难免会望而却步。

“我知道了。”远兮向严灵道谢，“谢谢！”

严灵大可不必提醒她，但她仍冒着被误会搬弄是非的风险，示意远兮留意坊间谣言，远兮承她这份人情。

远兮看严灵上了车，叮嘱她晚上开车注意安全，随后目送她将车驶离路边停车场，驶向远处霓虹灯照亮半边天的夜色里，这才回身往家的方向走。

深秋将尽，街道两旁的悬铃木树叶落了大半，被人行道上光线昏暗的路灯一照，在地面映出光怪陆离的树影。

一辆停在路边的车旁围着三个男人，正你一下我一下地推推搡搡着，见远兮经过，其中一人转过头，有些恶狠狠地嚷嚷：“看什么看？！”暗影中的男人口中喷薄出浓烈的酒气，“再看连你一起打！”

远兮无意与醉鬼争执，略微加快脚步，却无法不去注意身后传来的动静。

人体被推撞在车体上发出的“哐哐”闷响，醉酒男人肆无忌惮地嚣张威胁：“你叫啊！有本事你叫啊！今天不把车钥匙交出来别想走！”

随后巴掌拍击在皮肉上啪啪作响。

被围在中间的人始终没有作声，像一只任人宰割的羔羊。

远兮走出三五米远，到底做不到事不关己高高挂起，脚步一顿，足尖一旋转过身来，走向扰攘源头。

三个借醉寻衅的男人不意她竟然去而复返，稍早冲她放狠话的男子撒开被围堵者的衣领，嘴里一边骂骂咧咧：“臭女人，既然侬勿识相，就嫑怪吾勿客气！”一边抡起巴掌朝远兮扇来。

远兮在昏昧的灯光下微微眯了眯眼，对面醉鬼因喝了酒，下盘不稳，脚步虚浮，丧失距离感，手掌落空，醉鬼踉跄两步。

远兮觑机侧身伸手，一把攥住他的腕关节，用另一只手迅速握住醉汉大拇指，向内翻转自己的手腕，倾尽全身之力一拧一掰。

那醉鬼先是嗓子里“呃呃”两声，接着便疼得“嗷嗷”直叫，惊动夜色里栖息在附近树冠上的夜鸟，扑棱棱振翅飞走。

“手！手断了！”醉鬼用完好的手托着被掰过的手，带着哭腔叫唤，“快送我去医院！”

另外两个喽啰大抵也没想到局面会急转直下，呆怔片刻才晓得上前一左一右扶住哭爹喊娘的醉鬼，三人狼狈地横穿小马路往反方向跑了。

远兮咽下一声就在嘴边的轻嗤，走近靠在车门上，始终没有反抗的男子。

他非常年轻，穿着低调得体的衬衫、毛衣，搭配开司米大衣和英式剪裁西裤，看得出是个接受过良好教育的成功人士。他身后清洗得光可鉴人的黑色宾利车的车门上印着几个明晃晃的脚印，他脸颊上有发红的掌印，地上他的脚边躺着一副被踩碎镜片的黑框眼镜，昭示着刚才发生的一切。

“需要我帮你报警吗？”远兮出于好事做到底的想法，问。

年轻男子就着路灯昏暗的光线，深深注视远兮，随后摇摇头，弯腰捡起地上的眼镜。

“你能否自己开车？”远兮不放心地向他确认。

长得清隽端正的男子仍不吭声。

远兮忽然意识到什么，朝他伸出右手食指，随后拇指中指捏起，像打响指般朝右侧挥手松开手指，然后握拳跷大拇指：“你还好吗？”

男子眼里流露出一点诧异和淡淡笑意，对远兮颔首，屈了屈拇指。

远远有杂沓的脚步声传来，大概是附近巡逻的社区保安听见醉鬼刚才鬼哭狼嚎的动静，终于姗姗赶来。

远兮放下心来，既然苦主无意报警，又表示有能力解决剩余问题，那她可以功成身退了，她实在不想又一跃成为社会新闻主角。

家就在夜色彼端，远兮步履轻快，朝着家的方向走去，不再理会身后纷扰嘈杂的人声。

第八章

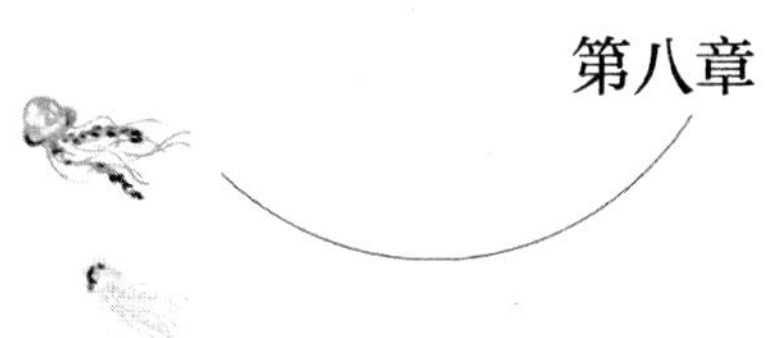

结束两天半短暂休息，返回农庄的远兮，受到贾思敏的热烈欢迎。

“远兮你总算回来了！”贾思敏热情地挽住远兮的手臂，半边身子紧贴在远兮身上，“你简直无法想象昨天节目录制有多精彩刺激！”

贾思敏睫毛刷得浓密卷翘，一双大眼忽闪忽闪地望向远兮，通身上下都透着“你问我呀！你快来问我呀！你怎么还不问我？”的倾诉渴望。

远兮忍笑：“是吗？”

“是啊！是啊！”贾思敏大力点头，“鸡飞狗跳都不足以形容昨天的盛况！”

事实证明即使有海选选手来自农村，也不见得熟悉所有农活的流程。更何况根据热身赛小组排名顺序抽签完成任务，里面存在极大不确定性，饶是节目组事前已有心理准备，当天的录制仍然充满叫人诧异和哭笑不得的意外。

排名第一的小组抽取到赶鸭子的任务，将鸭棚里的鸭子赶到农场的鱼塘，再于指定时间内将鸭群赶回鸭棚，这看似轻松简单的任务，却状况百出。

有选手害怕家禽，还没走近鸭棚已吓得两腿战战，等鸭棚的门一开，一大群鸭子从里头冲出来，选手脸色铁青，浑身僵硬，其他队友怎么催促，她都不肯靠近一步。

眼见时间一点点流逝，其他选手耐心渐失，举起节目组准备的竹竿驱赶鸭群往鱼塘而去，只留她一个慢慢对抗内心的恐惧。

她们一组虽然在限定时间内堪堪完成任务，避免接受任务失败的惩罚，但组员之间产生相当大的分歧。选手之一在鱼塘撑船喂鸭后，在挥竿赶鸭子上岸过程当中由于身体重心失去平衡，失足从小船跌落鱼塘。即使选手本身会游泳，节目组也立刻派工作人员下水援助她返回岸边。

女孩子上得岸来，湿透的运动服贴在身上，整个人冻得发抖。节目组配备的医生上前检查后表示她没有外伤，不过还是应该立刻返回休息室换一身干净暖和的衣服。

“你猜后来如何？”贾思敏眼角眉梢都是戏。

远兮摇头：“如何？”

“全程恐鸭完全没有参与任务的施西，没事人似的到食堂吃午饭，落水的乔楚觉得她没出工没出力，没资格享受完成任务的奖励，而应该接受惩罚。”贾思敏绘声绘色，“有两个人站在乔楚一边，施西就当众哭了起来，哭得那叫一个梨花带雨啊！说队友排挤她、针对她。另有一个人居中当和事佬，认为既然是团组任务，只要完成任务，就是胜利，何必计较细节？”

远兮啧啧称奇，戏这么足？这还只是一组选手的状况呢。

贾思敏打从鼻孔里“嘁”一声：“我啊，最看不起这种没有原则的和事佬！敢情不是她掉在水里，也不是她拼尽全力把鸭子赶回鸭棚的，装装样子，谁不会啊？”

至于下田收割水稻，结果因为稻田里养着虾蟹，被在脚旁爬来爬去的虾蟹吓得一蹦三丈高，挂在同伴身上死也不肯下来的；抽到签去菜地施肥，让有机肥浓烈的味道刺激得当场跑到田埂上掩鼻干呕的；进鸡舍喂鸡、取鸡蛋，却被鸡追赶尖叫着满鸡舍奔逃的……这样的状况层出不穷。

远兮听得目瞪口呆：“我只不过休息了两天……”

想想年轻漂亮的选手们一个个吓得花容失色的场面，都觉得未能躬逢其盛真是一件憾事。

“后期那边连夜在剪精彩片段，我看区导早上眼眶都凹下去了。”贾思敏同远兮往充当指挥部的员工活动中心里走，又凑在远兮耳边悄悄透露，“策划组临时开会，对接下去的节目走向和任务环节、奖惩内容进行调整，李老师让我看到你立刻叫你进去开会。”

远兮伸手在贾思敏手背上一弹：“把最要紧的事放到最后才说，你的良心不会痛吗？”

贾思敏嘿嘿一笑：“你快进去吧，我帮你准备了又浓又热的黑咖啡，你端进去，保管他们个个视你为及时雨！”

果然，远兮端着一托盘倒满黑咖啡的一次性纸杯走入活动中心，脸色不甚美妙的众人悉数露出“救星来了”的表情，就连一向对远兮不假颜色的李厚时，都难得和颜悦色地冲她点点头，示意她落座。

远兮坐在李大胡子后侧方，取出记事本来，边听策划编剧们讨论，边奋笔疾书做记录。

策划组主张将选手们的任务难度分为高、中、低三个等级，上一次任务完成度最高的选手或小组有优先选择权，但相应的，选择高等级任务获得的分数会更高，即使没能完成，面临的惩罚性任务也容易些。

“选手们当然可以选择迎难而上，或者知难而退，但如果连轻松的任务都无法顺利完成，那么接受相对困难的惩罚性任务，顺理成章。”

策划组重新编写节目任务架构，文森特根据新任务，调整选手们的服装造型。

“文森特老师，请不要再给选手们提供轻薄飘逸累赘的服装，拜托了！”一旁参加会议的总导演朝文森特直作揖，“我们还是走淳朴实在的风格路线吧！”

“你难道不觉得女孩子宽衣广袖，翩然欲飞地在厨房烧菜很美吗？”文森特不解。

总导演捣额：“文森特老师您对女性下厨有什么误解？”

文森特取过自己的平板电脑，调取储存的视频给众人看：“如此优雅！如此行云流水！赏心悦目！”

远兮抬眸看向平板电脑，视频里年轻女郎穿飘逸汉服，长发如瀑，向观众展示她从材料选取到烹饪的全过程，看起来娴雅出尘，游刃有余。

大胡子脸一黑：“行了，老马，我们追求的是真实的美，要贴合生活，不玩这种没用的花活儿！”

文森特气得把脸扭向一边，双手当胸一抱：“哼！没眼光！”

临时策划会结束，大胡子叫住远兮：“你跑一趟，知会许先生一声，我们录制方案有改动，麻烦农场方面配合一下。”

远兮点点头，这是她分内工作，责无旁贷。

跨上停在活动中心门口的老坦克，远兮一路迎着上午初升的太阳，骑向农庄。路经食堂，坐在门口阳光里的胖阿姨遥遥招呼她："小郁吃过早饭了没？"

"吃过了！"远兮朝阿姨挥挥手。

"今朝有霉干菜烧肉，早点过来吃中饭！"阿姨慈眉善目地叮嘱道。

远兮比一个"晓得了"的手势，继续骑往农庄。

相比起在食堂的受欢迎程度，远兮在农舍大堂里明显遭人冷落。八点钟的农舍大堂里一片静悄悄的，前台接待小白不晓得是没睡醒还是心气不顺，懒洋洋地倚在前台内，对远兮询问"许先生来上班了没有"的问题爱答不理。

远兮其实有许凌昀电话，她只是不太想一早便打电话给他，扰人清梦。

倒是财务经理董晴推门进来，看见站在大堂里无人理会的远兮先是一愣，随即客气微笑："郁助理是来找我们许总？我刚才过来时看见许总在稻田田头，你现在过去他应该还在那边。"

"谢谢！"远兮向董晴致谢，随后推门而出，骑上脚踏车往主干道而去。

原本仿佛没睡醒的小白忽然来了精神，朝董晴直跺脚："董姐你干什么要告诉她许大哥在哪儿？！他们昨天录制节目把稻田、菜地都糟蹋一遍，许大哥多心疼你不知道？！"

董晴如何不知道？她只是想到节目组支付的费用，内心稍微平衡些罢了。

"人家一早来找许总，我猜应该是为了就昨天拍摄造成的损失与许总商量，你别耍小脾气，耽误了许总的正事。"

小白的反应是下巴一扬："我又没怎样她。"

董晴失笑："你本来不是视她为偶像，对她的事如数家珍？"

“偶像？凡是教许大哥伤心的，都是我的敌人！”小白坚定地说。

许凌昀站在稻田田埂上，望着倒伏在水田里的水稻，不是不心疼的。

耕种了一夏一秋的晚稻，大面积都用小型联合收割机收割完毕，只留出边角三分地给节目组，由真人秀选手人工收割。开收之前，还特地找农场里的老手示范了两遍怎样快速高效地收割水稻。

五名娇滴滴的女选手看得倒是很仔细，可真正卷起裤脚、穿上水鞋下田，问题才暴露出来。

水鞋在水田里行走不便，一拔腿，脚出来了，鞋还陷在泥里，稍不留神失去平衡，脚就踩进湿冷滑腻的泥水里。胆子大点的选手硬着头皮把脚塞回鞋里继续完成任务，胆子小些的便忍不住惊叫连连，一手挥舞镰刀，一手拼命四下划拉，想抓住可以攀附的物体，看得导演组心惊肉跳。

到最后别说三分地，整个上午拖拖拉拉连一分地都是勉强完成收割任务，还踩倒不少水稻。

许凌昀有心趁天好找农场工人抓紧把剩下两分地都抢收了，节目组方面却要求他将这两分地的水稻再留一留。

节目组财大气粗，有钱任性。

可是，“有钱怎么了？有钱也不能糟蹋粮食啊！”许凌昀忍不住自言自语地嘀咕。

“有什么补救措施？”

他身后，传来干净的询问声。

许凌昀条件反射地一回头，看见从路基阶梯上下来，走到他身后的远兮。她身穿白衬衫、普鲁士蓝细开司米开衫，外头罩一件灰色呢大衣，阳光从她身后洒下来，短发发梢仿佛被镶上一层淡淡的金边。

他老脸一红，有一丝背后说人闲话却被听个正着的局促。

远兮仿若未觉，三两步来到他身边，与他并肩而立，一道望着眼前这片被踩得折的折、倒的倒，凌乱不堪的稻田：“有没有可以补救的办法？”

许凌昀敛一敛心神：“节目组不再需要割稻子了？如果立刻将水排干，人工收割，应该还能挽回一部分。”

难免会损失一些踩进泥水里太深、沤得太久、稻壳破裂的稻谷。

远兮点点头，脱下呢大衣，内衬朝外，折两折，搁在身后台阶上，又卷起开衫袖子，解开衬衫袖扣，将袖口往上挽两挽，弯腰去脱鞋袜。

许凌昀微愣，远兮把脱下的袜子塞进马丁靴靴筒里，回头朝他微笑：“还等什么？抓紧！”

她试探着想走下田埂，许凌昀急忙伸手拽住她的手腕：“这样不行！”

远兮疑惑地扬了扬眉，有些不解。

“折断的稻秸断口非常坚硬，容易扎到脚。”许凌昀回头看了一眼远兮停在路边的脚踏车，“你等我五分钟，我马上回来！”

说完他三步并作两步跨上台阶回到主路，骑上脚踏车往农庄方向而去。

远兮趁隙发消息给李厚时，告知大胡子她要帮许先生把稻田的事处理收尾，要耽搁些时间。

大胡子很快回复她：行。

许凌昀不到五分钟就返了回来，脚踏车车篮里装着一双干净水鞋，后座挂着两个竹筐，一个里头放着镰刀，一个放着毛巾、水壶。

他跳下脚踏车，一手拿着水鞋，一手拎着竹筐，走下路基。走近远兮，他把手中的水鞋递给远兮："三十八码的鞋，你应该能穿。"

又从竹筐里取出干净毛巾："擦擦脚，寒从脚起。地上湿冷，不擦干的话捂在鞋里，寒气容易入骨。"

远兮没想到他考虑得这么周到，接过水鞋和毛巾："谢谢！"

许凌昀去开了闸，将稻田中的水排干，留下软烂的淤泥和在稻株间横行跳动的虾蟹。

他穿着水鞋踩进稻田中，右手持镰刀，左手微微一搂，右臂抡出一个有力的弧度，锋利刀刃划过稻秸，发出一片"嚓嚓"声，水稻齐刷刷地被割下来。许凌昀顺势拿稻秸将一搂割下的水稻扎成人字码，竖直立在稻田里，随后回头向远兮示意："脚不能往上抬，鞋子很容易陷在泥里，要往前蹚，像这样……"他的脚在湿冷的泥水里朝前蹚行。

远兮点点头，学着许凌昀的样子，走下田埂，小心地落脚在两行稻株之间，与许凌昀隔着两个人的距离，开始收割。

等真抡起膀子，才晓得人工收割水稻完全不似看起来那么轻松。力度太小，一刀割不断多少稻秆；力度过大，手臂挥不了几下，就酸得抬不起来，背部肌肉抽筋了一般，间或还有个头不小的螃蟹从脚背上爬过，即使隔着一层水鞋，都能感觉得到蟹爪划过鞋面时的触感。

远兮起身直一直腰，目送螃蟹越过她的脚背，爬向远处。

她忽然能理解那几个前来收割水稻的选手当时的心情，确实谈不上美妙。

"累了吧？你到旁边歇一歇，这里放着我来。"许凌昀把挂在身侧的水壶解下来抛给远兮，"今天太阳大，喝口水，润润嗓子。"

远兮接住他抛来的水壶，沉甸甸的。

想到他一直把水壶背在身上，还埋头割了那么多稻谷，远兮深觉自己还是太弱了。她拧开水壶盖，喝一大口温开水，旋即拧上壶盖，将水壶斜挎在身侧："没事，我刚掌握到窍门，要趁热打铁才对。"

她额上有汗，短发有两缕滑落在眉毛上，少了些许平日的干练从容，可她眼睛熠熠生辉，亮晶晶如同宝石。许凌昀蓦地把那些客套话都咽了回去，笑着朝干劲爆发的远兮竖了竖大拇指："加油！把这片水稻收完，中午请你吃锅烧河鳗。"

埋头收割的两人谁都没注意身后主路上有摄像师扛着录影器材，藏在农场路旁行道树后，将这一幕悉数拍了下来。

两分地收割完，许凌昀用挂在脖子上的毛巾一擦头上薄汗，回头只见远兮一步三晃地往田埂上蹚去，两手撑着后腰，完全直不起身来，连忙几个大步追上她，双手在自己衣服上来回蹭几下，才伸手托住她的手臂："辛苦你了！"

他手心的热度透过开司米毛衣和棉衬衫"辐射"到远兮皮肤上，仿佛注入了一股无形的力量。

远兮不由得失笑："以前读书时，和同学到乡间果园摘过樱桃、采过草莓，以为农村生活轻松惬意，今天才晓得错得有多离谱！农民殊为不易。"

她不过是帮忙干了一点农活，满打满算也就是一分地的工作量，就已腰酸背痛，浑身上下像是被坦克碾过，整个人似要散架。

"你已经很厉害了。"

许凌昀倒不是同远兮客气。她一不嫌脏，二不嫌累，哪怕对农活并不熟悉，也始终咬着牙坚持到了最后，甚至还苦中作乐，几次伸手将来不及从她脚边爬开的螃蟹捉起来放到一旁，挥手小声催促："快跑，不然大怪兽要追上来了哟！"

她的声音那么轻、那么温柔，他却听得一清二楚。

等回到田埂上，许凌昀轻轻放开远兮的手肘，探身取过远兮叠好放在台阶上的风衣，展开替她披上："刚干完活儿，一身汗，风一吹当心着凉。"

他要忍一忍，才能没帮她脱水鞋穿袜子。

"谢谢！"远兮实在没力气屈膝弯腰，索性一屁股坐在台阶上，伸长手臂去脱脚上的水鞋，因牵动肩背肌肉，那酸爽，直教人龇牙咧嘴。

许凌昀到底没忍住，待远兮穿好袜子，一把捞过马丁靴，俯身垂头，抬起她一只脚，替她套上靴子，系上鞋带，又帮她穿上另一只鞋。

远兮老脸一红，随即站起身来："谢谢……"

"走吧，我载你。"许凌昀在她前头走上台阶，回到路面，伸手拉了远兮一把，然后骑上脚踏车。

远兮两条腿灌了铅似的，实在走不动路，遂不同他客气，踮脚侧坐在脚踏车后座上。

许凌昀叮嘱一句"坐稳了"，随后踩动脚蹬，二十八寸老坦克又快又稳地驶过路面。

阳光在头顶，风在耳边，路在眼前。

远兮微微闭上眼睛。

原来生活如此美好。

中午远兮跟着许凌昀挤在门卫室十平方米的空间里，吃老杨亲手做的锅烧河鳗。

河鳗是老杨头天晚上去养殖箱里捉的，黑背白肚皮，又肥又壮，活泼得很。

许凌昀和远兮推开门卫室的门时，老杨刚把处理好、剪断脊骨、皮肉相连的河鳗盘成一圈放到坐在米技炉上的铁镬子里，锅里的肥肉丁和葱姜末受热，正散发出一股浓郁的香气。

见许凌昀领着远兮进来，老杨半掩在纠结皮肉下的眼睛瞪了许凌昀一记，疾步走到一旁抓过挂在椅背上的保安帽戴上，瓮声瓮气地招呼远兮："此间简陋，郁小姐随便坐。"

远兮朝老杨微笑："我今天不请自来，跟着许先生来蹭饭，叨扰杨师傅了。"

老杨有些不自在地摆摆手："你们坐，我去择菜。"

他捧起搁在身后架子上的一大盆豆苗就要往外走，远兮哪儿好意思枯坐等吃饭。

"择豆苗？这个我拿手，一起择吧！"

"对对，一起嘛，众人拾柴火焰高！"许凌昀拉住盆边，笑眯眯地用力拖住老杨。

老杨颇有些纳闷地睇了他一眼，倒也没坚持，只坐下来埋头择豆苗。

早晨刚从智能温室大棚里掐下来的豌豆苗碧绿生青，叶片上还沾着智能水雾喷淋留下的细密水珠，大千世界倒映在晶莹剔透的水珠中，有种令人心思沉静的力量。

豌豆苗鲜嫩，指甲轻轻一掐便能掐断，偶有豌豆须从嫩绿的叶子中间冒出来，像是蝴蝶的虹吸，细细卷曲着，似随时会伸展开来。

许凌昀将一把择好的豆苗放进三人之间小茶几上的扁淘箩里，手指朝农庄方向画了一圈："我刚来农场时，这整片农田，大部分都荒置着，除了管理农庄的一对老夫妻种的一些蔬菜瓜果和散养的几只鸡，再没有其他作物。可是后头靠近鱼塘的位置，自生自灭了一大片豌豆。没有架子攀缘，就半伏着四下伸展，到了花季，粉紫色的花瓣在微风里绵延起伏，层层铺陈，一眼望过去，像一片淡紫色的花海，将整座闲置的农场衬托得生机勃勃……”

蓦然将他充满不确定的心从谷底拉了起来。

“你当初怎么会想到来经营农场？”远兮顺着他的话头问。

老杨抬头看看远兮，动动嘴唇，没有说话。

许凌昀笑一笑，眼里有一丝荫翳尽去的释然。

“我当年创业失败，欠了一屁股债，家里的房子、汽车……凡能值些钱的东西都拿去还债，可以说是穷途潦倒、身无分文。平时往来的商业伙伴、朋友看到我都恨不得绕道而行，唯有与我一道读大学的一个同学，其实我们关系并不算紧密，他正好要举家移民，留下不能买卖又无人接手的耕地。他知道了我的情况后，将农场以每年一元的价格，出租给我，让我不至于无处可去，也给了我从头开始、重新奋斗的目标。”

“患难见真情。”远兮不由得感慨。

“是。”许凌昀点点头。他感谢同学雪中送炭，当他在业界坏了名声，被逼得四处求助却无人理睬的时候，是同学给了他容身之所和再出发的机会，所以他咬着牙，不懂就问，不会就学，硬着头皮把农场给办起来，“好在经营得还过得去。”

岂止过得去？远兮觉得他太谦虚了。

为做好助理工作，她查过资料，这处占地面积将近一千亩，耕种面积八百余亩，还有两处鱼塘的农场，是本区智能现代生态农业示范项目，其中每年两季虾稻蟹稻共作、生态池塘无公害鱼鸭共养、果树家禽混养的模式受到农业专家的认可和好评，大力在郊县农村推广这一生态农业模式。

老杨不耐烦地坐在两人旁边像锃光瓦亮的白炽灯泡一样听许凌昀与远兮和声细语地闲谈，把择得差不多的豆苗一把都搂进扁淘箩里，“噌”一下站起身来：“你们慢慢聊，我去洗菜。”

说罢走出门房间，到一旁水龙头洗豆苗去了。

“老杨比较害羞。”许凌昀对远兮眨眼睛。

“不要在我背后说我坏话，我没聋！”老杨扯高喉咙，在门外大声说，“我只是不想看你假装一切都很好的样子！丁家那帮亲戚，哪一年是不来闹的？！”

远兮能想象得到一家农场从疏于照管到发展成如今区政府农业示范项目，这一路走过来的艰辛，也约略明白老杨说的“闹”，一定不只是字面意义上那么简单。

许凌昀倒不太在意，同他在创业失败时所经历过的人情冷暖相比，同学家这些亲戚的嘴脸，不过是小巫见大巫。

“我有手续齐全完备的土地租用合同，又是这几年的创收纳税大户，不怕他们来闹。”他扬声对老杨说，“你也不用闹心，由他们去折腾。”

老杨在外头虎着脸不吱声，许凌昀轻叹，朝远兮略带歉意地摊了摊手：“瘦田无人耕，耕开有人争。”

以前偌大一片农场，由于经营不善，不亏损就谢天谢地。农村里愿意种地的年轻人越来越少，老人年纪渐长，伺候不动农作物，大家宁愿政府征地，可以多分几套房，多拿点征地款，最好还帮着安排一个轻闲些的岗位，成为征地工。没多少人肯风里来、雨里去地看天吃饭。现在看到农场收益这么好，又觉得自己吃了亏，跑来撒泼打滚，想分一杯羹。

他们第一次来闹事时，纠集一帮不明就里的邻里村民，大概想仗着人多势众多占些便宜。老杨坚守岗位，差点被砸破了头，才没让丁家那些亲戚闯进农场任意侵占财物。饶是他们占着法与理，镇政府也还是找他这个负责人去谈话、做调解，务求双方和和气气的，不能让这些许“不和谐的声音”影响本镇参加全国文明村镇的评选活动。

远兮觉得在许凌昀这平静的十个字背后，如有惊雷，势同千钧，悉数压在这个男人的肩膀上。

倒是许凌昀一笑：“都是陈年旧事，全过去了。农场现在名声在外，连节目组都来租用场地，租金可观，种地、创收两不误，还有人免费帮忙干活，多好！”

远兮被他声音里的那股欢喜感染，忍不住露出一个心领神会的微笑：“节目组更改了后续任务环节，接下来不会再糟蹋粮食了。”

老杨捧着甩得半干，微微有些滴水的扁淘箩进来，正看见这两个人隔着一个茶几、心有灵犀相视而笑的样子，不由得摸摸鼻子，心想他要不干脆退出去把豆苗再洗一遍得了。

远兮一顿中饭吃得再满足不过。

虽然只是门房里一眼至简单的米技炉、一口乌黑锃亮的铁镬子，没什么高端大气的厨具，既不文艺，也不小清新，可老杨对火候和时间的把握炉火纯青、恰到好处。木质锅盖掀开那一刻，一把香葱芫荽末往上头一撒，受热力一逼，连着河鳗的香气，一道扑鼻而来。河鳗小火慢炖得骨酥肉烂，色泽红润油亮。送进嘴里，肉质细腻绵密，入口即化。

远兮舀一勺锅底浓稠的汤汁，浇在用农场自产的桂花香米煮的米饭上头，再搭配一筷子蒜蓉豆苗，浓郁的鳗香和豆苗的清新纠缠在一处，带给味蕾美妙感受，教她一上午在田里劳作的辛苦瞬间烟消云散。

远兮连吃两碗米饭才放下筷子，拿筷子的手假装不由自主地还想往锅烧河鳗伸，她忙用另一只手拽住右手手腕：“我控制不住我自己啊！”

许凌昀被她逗得笑出声，连一直埋头苦吃的老杨，嘴角都悄悄翘起来。

远兮起身："我还有事，先走一步，下回我露一手，请你们试试我的手艺。"

她走得干脆，顺手将自己用过的碗筷带出门卫室，放在外头老杨盛淘米、洗菜水的大木盆里。

老杨半掩在纠结皮肉下的眼睛里有一丝明光："是个细致周到的姑娘。"

盛放蒜蓉的小味碟和炒菜用的锅铲当他做完菜之后扔在木盆里这样的小细节她都注意到了。

许凌昀透过门卫室的窗口，注视远兮骑上脚踏车，回身朝着门内的他挥挥手，一阵风似的骑远了，这才收回视线："嗯。"

第九章

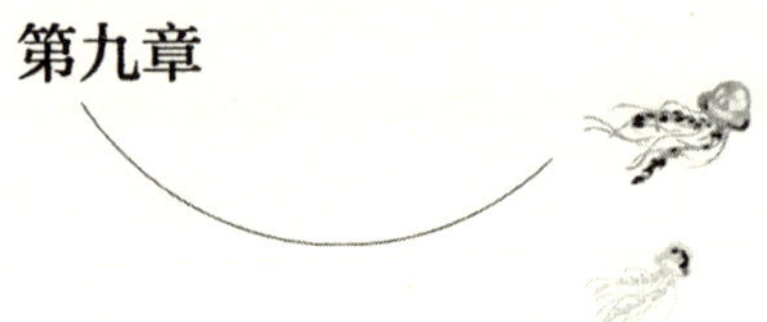

选手宿舍在农场西北角，以前专门接待中高职专科学校的学生到农场学工学农，后来学工、学农项目在本城逐年取消，可同时入住两百人的宿舍便闲置下来。

此番为保证节目录制顺利进行，节目组全面翻新旧宿舍楼，将外墙和全部楼层进行粉刷，室内以各色轻松明快风格的墙纸装饰，为选手们营造明亮、轻松的环境。一楼原有公共区域则被改造成开放式的休息区和娱乐区，方便选手们放松休闲，增进感情、交流心得。

远兮走进底楼大门，几个穿不同颜色相同款式运动装的年轻女孩正团团挤在大号自助K歌房里唱歌，亏得她们都长得苗条，只比公用电话亭大一些的玻璃屋竟然塞得下。另有两名选手在打乒乓球，小小白球在两人球拍之间往来跳跃，煞是灵动。

即使在全方位摄像镜头不间断的拍摄中，空气里仍有种掩不住的活泼青春气息。

远兮驻足观察片刻，确定大部分选手应该都在她们的宿舍里，也不打扰女郎们难得的闲暇时光，转而先去找选手管理员了解情况。

选管办公室在一楼东翼，偌大空间里除了选管们的办公桌椅外，还有整面墙的显示器，从各角度拍摄宿舍的实时画面。

午后时光里，选手们有些凑在一处吃零食嘻嘻哈哈地闲谈说笑，也颇有几个因为上交手机无所事事索性午睡补充体力的。

远兮的视线在会客室的实时画面上停留：“骆佳馨？”

负责骆佳馨的选管点点头：“手语翻译到了，过来进行前期沟通，彼此熟悉一下。”

远兮将更改过的作息时间表交到选手管理经理手中：“麻烦大家了。”

离开选管办公室，远兮走在空无一人的东翼走廊上，阳光从透明落地玻璃窗洒落在黑白地砖铺就的地面上，脚步在略显冷清的空间里带起轻轻回音，像沉潜又泛起的心绪，似冷似暖。

在会客室前停步，远兮伸手敲门，半掩的门内传来清甜的女声：“请进！”

远兮推门而入，一眼看见两个年轻女孩并坐在会客室的沙发上，骆佳馨一只手还来不及收回，拇指平伸，搭在下巴上。另一个女孩生着一张微圆苹果脸，两眼仿佛天生带笑，嘴角有可爱的小酒窝。

见远兮进来，两个女孩子心有灵犀般齐齐自沙发上起身。

苹果脸向远兮伸出手：“你好，我是新来的口语翻译，我叫卞若珍，大家都叫我珍珍。”

骆佳馨脸上带着一丝激动的红晕，朝远兮飞速比画：

远兮姐，珍珍太厉害了！她开了一家餐厅，所有员工都是聋哑人，他们像健全人一样工作，互相帮助，互相理解！真是太棒了！我将来也想开一家这样的餐厅。

女孩的眼睛熠熠生辉，明亮得如同太阳即将升起照亮天空前的启明星。

卞若珍嘴角含笑，边说边用手语解释："餐厅其实是我和妹妹共同开的，她因为有听力问题，感觉听障人士无论在求学还是就业过程当中，比正常人要面对更多挫折和拒绝，所以想开这样一家餐厅，证明听障者有能力像正常人一样工作生活。她负责餐厅的运营，包括进货、后厨等事宜。我所做的，仅仅是在产生问题时与客人沟通交流。同她所做的相比，我的付出微不足道。"

远兮对这笑吟吟、讲话慢条斯理的女郎肃然起敬："请一定给我贵店地址，让我有机会去贵店用餐！"

骆佳馨举手：我也想去！

远兮笑起来，双手掌心相对，十指自然微弯，自两侧从上往下移动，向中间合拢："好，一起去！"

"欢迎之至！"卞若珍击掌，做邀请手势。

三人相视而笑。

远兮又向卞若珍交代烹饪比赛和日常任务过程当中的注意事项："主要是手语传译节目组下达的指令，以免影响佳馨在比赛和任务中的正常发挥，但在宿舍中的日常交流，还是由佳馨自己负责。"

佳馨在一旁拍胸脯：我没问题的！

卞若珍轻轻颔首："我了解了。"

"现在交给你个任务。"远兮朝骆佳馨比手语，"去把所有选手都叫下来，到一楼大厅里集合。"

骆佳馨脚跟一碰，然后"嗵嗵嗵"跑出会客室，一股旋风似的跑上楼去。

远兮和卞若珍来到大厅里，稍早唱卡拉OK和打乒乓球的选手注意到两人，先后停下娱乐活动，来到两人跟前。

过不了多久，楼上传来杂沓声响，选手们陆陆续续从各自宿舍里出来，下楼。

选管们到岗清点人数，选管经理向远兮汇报："还差两人。"

"差谁？"远兮挑眉，又问骆佳馨，"都通知到了吗？"

骆佳馨憋红了脸，努力控制自己，点点头。

站在她身边的乔笑绵举手补充："佳馨先通知我们宿舍，我们几个又分头去通知其他宿舍，我可以确定都通知到了，没有遗漏。"

负责那两人的选管面上略有不豫："还差施西和安萍萍。"

她刚取出平板电脑，打算调看宿舍画面，施西与安萍萍两人相偕从楼梯上走了下来，挨挨蹭蹭地想往人堆里钻。

"这是怎么了？"远兮注意到施西微微显得红肿的双眼。

人群里传出一声嗤笑。

施西的双眼迅速蕴满泪水，欲滴未滴，看上去煞是可怜，安萍萍在旁一副想劝又不知道从何劝起的为难样子。

有人冷嗤连连，施西听了嘴唇颤抖，眼泪自眼眶里溢出，沿着脸颊滑落，滴在浅紫色运动服上，像言情剧里备受欺压的女主角。

"有什么问题吗？"远兮眉心轻蹙。

施西哭得双肩抖动，安萍萍一手扶着她手肘，一边十分无奈地解释："施施觉得大家都针对她、孤立她，她睡着了也没人叫醒她……"

"谁针对她、孤立她了？是她自己假清高，嫌弃同组选手好吗？！"性格耿直火爆的同组选手乔楚大声反驳，"再说，没人叫醒她，她是怎么醒的？睡到自然醒？你也别假惺惺，你难道不是人？！"

选手中有人低笑出声，如同涟漪，荡漾开去，感染了大家，女孩子们参差不齐地笑了起来。

施西朝人群方向望了一眼，然后微微往安萍萍身后缩了缩，仿佛饱受欺负的样子。

远兮冷了眉眼。有人的地方，就有江湖，难免产生矛盾。但这种小家败气的手段，看了实在让人心烦。

“节目组根据大家第一次完成任务的情况，对接下来的赛程进行了紧急调整。大家马上将迎来第一场淘汰赛，不要让任务失败的情绪影响淘汰赛的正常发挥。既然我们是烹饪比赛，那就凭实力说话。遇到挫折，想办法克服它、超越它，用成绩来证明别人对你的看法是错误的。”远兮的视线在所有参赛选手年轻的面孔上扫过，“今晚好好休息，养精蓄锐，明天以最好的状态迎接第一场淘汰赛。祝你们超常发挥！”

远兮挥挥手，与卞若珍一同走出宿舍楼，身后传来选手们“郁助理好凶啊！”“怎么办？我现在好紧张！”“不知道明天会出什么题？”这样七嘴八舌的交谈。

全程围观的卞若珍眉眼弯弯：“忽然非常期待明天的比赛现场。”

远兮失笑：“我也很好奇明天选手们的表现。”

回到指挥中心，贾思敏风风火火迎上来，递给远兮一杯鲜榨蔬果汁的同时，一把挽住远兮手臂：“听说你刚才在选手宿舍大发雌威？”

远兮抿一口满是西芹味的蔬果汁润润喉：“消息传得这么快？”

“实时画面啊，郁姐！”贾思敏冲里头扬扬下巴，“你猜你离开以后，施西有没有哭？”

远兮耸耸肩：“谁知道？”

贾思敏轻捶远兮手臂："郎心如铁！"

远兮闻言骇笑："这就郎心如铁了？"

另一头大胡子站在临时办公室门口，朝远兮招手："小郁，来一下。"

贾思敏连忙放开远兮手臂，挥挥双手做驱赶状："快去，快去！"

大胡子的办公室一眼望去乱糟糟的，但乱中有序，办公桌上摊着图纸、表格，他指一指办公桌对面的靠背椅，示意远兮随意，自己壮实的身躯则一沉，坐进圈椅里。

"和农庄方面都交接妥当了？"大胡子十指交叠，搭在微微隆起的肚皮上。

"是。已经同许先生做过沟通，将更改后的任务流程告知了许先生。"

"选手方面呢？"

"已通知过了。"

"还有没有其他的事？"大胡子浓眉微挑，问。

远兮微笑："没有了。"

"真没有？"大胡子带着些期待，再次问。

远兮摇摇头，她有她的原则。

选手在宿舍的表现，一方面有实时录像画面，另一方面日班选管自会在晚上和导演组开会时如实陈述当天发生的状况，不必她节外生枝。

"行。明天淘汰赛你到现场盯一盯，把控一下进度。"大胡子大手一挥，拍板。

"好。您没其他事的话，我先出去了。"远兮自靠背椅上起身。

"哦，对了。"大胡子摸摸浓密胡髭，"明天的飞行嘉宾是《明星我做煮》的制片人，赵亭亭。你与她再确认一下。赵亭亭是你前辈，你们之间想必聊得来。"

远兮走出办公室，才意识到大胡子根本没有给她赵亭亭的联系方式。

赵亭亭是电视台频道调整前的当红主持人，一档《明星我做煮》美食烹饪节目，广邀演艺圈男女老少明星，亲自下厨，洗手做羹汤，在当年曾掀起过一阵邀请明星嘉宾上美食节目的热潮，热度至今未退。后来频道调整，她渐渐退居幕后，这几年满世界行走，监制过颇多有鲜明特色的美食纪录片。

远兮入行比她晚，两人并无太多交集，只在电视台年会上打过招呼，大胡子叫她同赵亭亭确认行程，她少不得要叨扰师兄赵洋。

果然赵洋一听首期飞行嘉宾是赵亭亭，白胖胖弥勒佛似的脸上带出一丝怀念来："我有她电话，你就用我的手机打吧。"

他一边取出手机翻找通讯录拨号，一边感慨："唉，那是我们台综艺节目最好的时光，这几年啊……"

远兮听懂赵师兄的言外之意。

这几年电视台频道几番整合，出彩的节目却越来越少，能形成区域性影响力的综艺节目屈指可数。有两个频道更是主持人圈地自嗨，视观众们对节目的恶评如无物，年轻收视群体流失严重。好不容易制作出一档叫好又叫座的综艺节目，却又因有"观众"反映不符合核心价值观而被叫停。

不是不憋屈的。

赵洋将手机递给远兮，用口型说：通了。

远兮接过手机，听筒里传来清澈温朗的女声："你好！"

"赵老师，您好！我是《成长吧，厨娘》节目组的助理郁远兮，打电话来向您确认明天的行程。"

电话那头有温柔的低笑："我明天会准时到场，麻烦转告另一位赵老师，他可还欠我一顿饭没还呢。"

赵洋在这头听得清清楚楚明明白白，扬声插嘴："知道了，明天我就还债！”

远兮索性将手机还给赵师兄，由得两位名嘴隔着手机打嘴皮子官司，她静静地从节目组给赵师兄准备的临水别墅退出来。

明天将会是忙碌的一天，远兮有预感。

远兮当晚留在农庄，没有回市区。

父母已习惯她因为节目录制需要在外过夜，郁爸爸甚至在视频通话中透过镜头看见郊区黑沉沉几乎伸手不见五指的夜色时，不无得意地安抚妻子：“寻常三五个宵小根本不是远兮对手，再没有不放心的道理！”

陶穆哭笑不得，捶了郁侑庭一拳，殷殷叮嘱女儿：“虽然你身手不错，不过仍要注意安全，晚上记得关好门窗，检查煤气是否关妥。”

远兮点头应是，陶穆又提醒女儿：“记得周末和王阿姨吃饭，不要到时又临阵逃脱！”

郁侑庭站在妻子身后朝女儿挤眉弄眼，示意她：爱去就去，不去也无所谓，爸爸给你撑腰！

陶穆连头都不回，朝身后怼了一肘，郁侑庭闷哼一声，败下阵来：“女儿，爸爸努力过了！”

远兮笑得双肩颤抖，手机都快捧不稳：“我知道了，妈，必不让您单刀赴会！”

陶穆这才满意地结束与女儿的视频通话。

一夜好睡，第二早晨，远兮在窗外一阵清脆的鸟鸣声中醒来。

拉开窗帘，窗外，烟霭般晨雾在水面弥漫，临水的茂密树冠上藏着几只不知名的小鸟，“啾啾啾”欢快地叫个不停。有两只白鹭被远兮拉窗帘的声响惊起，扇动洁白翅膀，掠过水面，飞远了。

洗漱完毕，远兮在七点准时踏入选手宿舍。

选管们已在分头敲门提醒选手起床，抓紧时间吃早饭，吃完早饭、化妆后到谷仓集合。

远兮在宿舍餐厅里同选手们一道，吃两片黄油吐司、一个白煮蛋，喝了一杯牛奶，顺手摸过一只叠在果盘里的甜橙，在手心里揉得稍软，剥去橙皮，一瓣瓣掰开，一边往嘴里送，一边站在休息区看已经吃完早点的选手们化妆。

乔笑绵和骆佳馨简单梳洗过，第一批下楼来吃早餐，第一批到负责她们的选管处化妆。

两个女孩素面朝天，即便脂粉未施，皮肤也光滑白皙得吹弹可破，眉目如画。

选管在骆佳馨脸上打一层薄薄的粉底："皮肤这么好，其实不化妆也好看，不过现在高清镜头最挑剔不过，还是要稍微上些彩妆，提亮气色。"

骆佳馨听不见选管说什么，但她眼睛里透着一股跃跃欲试的欢喜。

选管从化妆包里取出一支金管口红，拿唇刷蘸取，刷在她嘴唇中间，再用指尖轻柔地蕴染开："这款樱花色，只有你们年轻女孩才压得住！"

远兮看得津津有味。

选管给女孩们化的妆，同她平日里女主持端庄板正的妆容截然不同，粉底轻盈通透，眉若春山横黛，腮如花砌霞蒸，唇似蕊珠含露，女孩子睡眼惺忪的面容转瞬就鲜活明丽起来。

乔笑绵在一旁拍手："真好看！"

又有些遗憾："可惜手机上交了，否则拍下来留念多好！这么漂亮！"

骆佳馨怕弄花了妆，只敢微微抿唇浅笑，动作幅度都小了许多。

选管一把拽了乔笑绵坐到椅了上："别蹦跶，换你了！"

乔笑绵也不恼，嘿嘿一乐，往椅子上老老实实一坐："选管姐姐给我化得好看些，和佳馨站在一处，要像一对姐妹花！"

乔笑绵脾气好，嘴巴甜，人勤快，她们宿舍的卫生几乎由她一手全包，在新环境里安之若素，还能顺便照顾沟通不便的骆佳馨，倒教负责的选管刮目相看。

"好好好，包管你和佳馨一样美！"选管托住了乔笑绵的下巴，"别动，当心画歪了眉毛！"

骆佳馨就笑眉笑眼地在一边等她，不见一丝着急。

她们两个在一起，远兮没有不放心的，抬腕看一眼手表，已七点过半，选手们大多已经吃完早点，排队等各自的选管给她们化妆整理发型，便不动声色地走开，到餐厅查看还有多少人没吃完早饭。

宿舍半开放式餐厅里还有十来人在吃早饭，比较要好的选手凑在一起，有说有笑，边吃边交头接耳，也有独坐一隅无人搭理的，比如安萍萍。

安萍萍有一勺没一勺地戳着面前一小碗虾仁蒸蛋，看得出来她心中烦乱。

也难怪她心烦。与她同组的其他人觉得她没有原则，乱当好人，偏偏她出面袒护的施西反而嫌她没有坚定地站在她一边，搞得她两面不是人。

远兮看时间所剩无几，打算先去谷仓，还没走出餐厅，迎面碰上掩嘴打着哈欠走进来的施西。

两人打个照面，施西当没看见远兮，稍稍侧身走进餐厅，迭声埋怨安萍萍："怎么不叫我？我哪儿还有时间化妆？"

安萍萍舀起一勺虾仁蒸蛋吃，不接茬儿。

她有些后悔。原以为比起同样有背景但脾气火暴，稍不如意就与人上演全武行的伍明媚相比，娇滴滴的施西会好相处些，产生矛盾她居中充当和事佬，施西会记她的好。谁承想施西动辄落泪，对她好是理所当然，稍微轻忽就怨天尤人，这就很教人吃不消了。

早知道还不如当时就叫她接受任务惩罚，知难而退算了！安萍萍半是怨恨半是失望地又舀了一勺蒸蛋送进嘴里，大腿哪儿那么容易抱？

施西没得着她搭话，颇有些下不来台，眼圈当即就红了。

安萍萍这回没上前劝她，起身将自己的餐具收拾了放进洗碗机里，回头朝外走时，到底还是客客气气地劝了施西一句："快点吃早餐吧，不然等一会儿要饿着肚子参加比赛，更别谈化妆了。"

施西让她一句话憋得，气到嘴唇颤抖。

远兮并不知道宿舍里这没有硝烟的机锋，她先选手们一步赶到谷仓。

外景组的导演们已悉数就位，总导演指挥灯光师、道具师对现场灯光、布景做最后调整，休息区里搭出一块背景板，摄影师的相机三脚架已经支好，只等选手们到场。

远兮到的时候，许凌昀正开着一辆小型电动全挂平板车从谷仓里出来，平板车上空空如也，看样子是刚卸了货。

"许先生，早！"远兮有些意外。

许凌昀穿卡其灰的工装外套，两只胳膊上套着黑色袖套，握方向盘的手上戴着工人们常戴的白棉线手套，手套上有泥土痕迹。头上压一顶棒球帽，看起来比平时年轻不少。

"郁助理，早！"许凌昀朝远兮微笑，黝黑的皮肤，衬得牙齿格外洁白。

"给节目组送货？"

"对。"许凌昀从电动车上跳下来，与远兮相对而立，"节目组需要的食材，怕搁在材料间里一晚上，第二天聚光灯一照，显得蔫头蔫脑不精神，所以当天拍摄，当天送货。”

“送货还要你亲力亲为啊？”远兮与他有共同收割水稻的劳动之谊，彼此熟悉许多，因而笑问。

“农场里的工人四点半就起床采摘水果蔬菜、送流水线清洗、分装，杀鸡宰鸭捕鱼，相当辛苦，送货已是整个链条最轻松环节。而且摄制组要是有什么临时变动需求，可以直接告诉我，不用让工人来回跑。”

他又从工装上衣口袋里摸出一盒蓝浆果，递给远兮：“早晨新摘的，气雾培植的人工驯化长白山矮脚野生蓝浆果，无土无药无病虫害，不用洗直接可以吃。”

远兮刚接过扁扁的透明塑料方盒，才来得及看一眼里头裹着均匀果霜，小指肚大小的浆果，她身后就响起大胡子浑厚的男中音：“许先生藏了什么好吃的给小郁？来来来，见者有份！”

远兮也不藏着掖着，将一盒蓝莓托在手心里给他看。

大胡子不客气地抄手把塑料盒取过来，稍一用力揭开盒盖，拈起一颗浆果丢进嘴里，品了品，信手递给站在他旁边的吕承州：“吕总、老赵、小赵，你们也尝尝，这浆果个头大，果肉细腻，酸甜可口，比外头水果店里的好吃不少！”

吕承州笑着接过来，依言吃了一颗，点点头：“老李是老饕，信老李没错！”

许凌昀远远瞥见选手们朝谷仓方向走来，反身登上电动全挂平板车：“你们忙，回头见！”

远兮同他摆手道别，转而向吕承州微微一笑：“吕老师也来了。”

吕承州挑眉：“老师二字不敢当，论理，你该喊我一声师兄。”

“师兄。”远兮从善如流。

“这才对嘛！”吕承州拍一拍远兮肩膀，“平台对这个项目寄予厚望，第一次淘汰赛，我得来现场看看。再说，也要瞧瞧你，有没有被老李这厮压榨。”

“那厮”听力甚好，百忙中横手在吕承州肩头捶了一把：“不要破坏我在小郁心目中伟岸的形象！”

“经过这三个星期的相处，你在小郁心目中，还能有什么伟岸的形象？”吕承州做不解状。

“大概是体型比较‘伟岸’？”白白胖胖的赵洋凑过来笑眯眯地补刀。

“你们这些师兄联合起来欺负我，不大好吧？”李厚时摸摸胡子。

飞行嘉宾赵亭亭越过这几个加起来百多岁，以互相调侃为乐的中年男人，上前挽住远兮，顺便将还剩半盒的蓝浆果放回远兮手里：“别理他们，走，带我去熟悉一下里头的场地、灯光和机位。”

“赵老师，这边走。”远兮引着她往里走，在门口与第一批来到谷仓录影棚的选手们相遇。

乔笑绵与骆佳馨手牵手，两人穿一色式样粉蓝色卫衣套装，头发在脑后扎成一束，通身透着活泼朝气。

看到远兮和赵亭亭，乔笑绵驻足：“老师早！远兮姐早！”

声音又响又亮，乖巧得像个在校生。

骆佳馨则做了一个“早上好”的手势。

赵亭亭眼里蕴含着笑：“早！一起进去吧。”

选手们陆续抵达谷仓，由现场工作人员引导至休息区排队拍摄个人海报，连在宿舍里与安萍萍闹僵了的施西都收了脾气，赶在八点最后一秒走进录影棚。

文森特在现场指点化妆师对选手们的妆容做最后微调，务必使年轻女郎们在镜头中呈现最佳状态，贾思敏被他差得团团转。

评委席，身兼主持人的赵洋、两位专业厨师评委，以及飞行嘉宾赵亭亭彼此寒暄落座，四人围在一起，就赵亭亭带来的主题开小会。现场总导演指挥着各组导演和摄影师多角度拍摄，不愿意放过任何一个精彩镜头。

远兮作为助理，半隐在工作人员们忙碌的身影后，再次认识到一个节目的成功，要有多少工作人员付出辛苦努力，一个环节都不许出现疏漏，才能为观众呈现出最佳观看效果。

“跟在老李身边，有没有什么收获？”吕承州背着手，踱到远兮身边。

“获益良多。”远兮承认。

相比主持人只需了解节目流程、熟悉串场词、把控节奏、调动气氛，助理一职接触事务更繁多复杂。

“简直打开一扇新世界的大门。”

吕承州颔首：“师傅领进门，修行在个人。当年季老师带我，也是这样。哪儿有什么一桩一件手把手慢慢讲、细细教的？直接扔进节目组，多看多听多学，端茶倒水跑腿……我一个刚毕业的新人，台里扫地的阿姨都比我资格老、比我懂得多，可惜当年我心高气傲，没能好好领会季老师的用心。”

“季老师肯定没怪你，不然哪儿会托你给我找工作？”

“我知道。”吕承州往大胡子方向努努嘴，“老李此人，业界标杆，能力一流，就是人看起来凶了些。你在他这里要是出了师，往后没有你不能胜任的职务。”

“谢谢师兄！”远兮诚心诚意向他致谢。

自来教会徒弟，饿死师父。文艺圈里，看人落魄，不落井下石就算厚道了，像季老师、吕师兄、大胡子这样，愿意给她机会学习、重新开始，实属不易。

“好好干！什么时候在老李这里毕业了，什么时候有更适合你的职务给你！”

节目录制远没想象中顺利。

文森特·马的那套女选手“宽衣广袖长发飘飘”的造型被否，选手们临阵换了造型，原本在草木花树之间拍个人海报的计划也顺势改成在休息区的背景板前拍摄。

年轻女郎们也许拿手机自拍个个都是一把好手，但到人像摄影师跟前，寻角度、找光源、拗造型，就不像职业模特那么专业，能迅速进入状态。

先到休息区拍照的选手，摄影师还有耐心一一指导：“脸往左偏一点，下巴收一收，肩膀稍微朝我这边低，笑得不要那么豪放，想象一下男神成了男朋友，一时无处与人分享的那种喜悦，对了，就这样！”

等五十名选手拍摄过半，摄影师已讲得口干舌燥，再一看将近十点，动作便快了很多，也不啰嗦，只管抬一只手，举在半空中，根据选手身高调整上下左右，示意选手们看他的手，转脸侧身。

“像没有感情的机器人。”贾思敏好不容易忙完，从休息区出来，偷偷溜到远兮身边吐槽。

远兮失笑：“辛苦了，来，吃两颗蓝莓。”

贾思敏抓几颗浆果在手里，不很在意地丢一颗在嘴里，描化精致的眼随即一亮：“好吃！个大味甜！”

说罢又抓几颗去：“早起只喝了一杯果蔬汁，连片面包都没来得及吃，我已饿得眼冒绿光！远兮你这几颗蓝莓真是及时雨，救了我一条命！”

“哪儿有那么夸张。”

贾思敏长舒一口气，附在远兮耳边嘀咕：“有些人，名气没有，脾气倒不小，一会儿嫌服饰，一会儿嫌妆发，她以为她是谁？希望她今天立刻惨遭淘汰！不知道忍饥挨饿的人脾气更坏吗？！”

远兮要忍一忍，才没笑出声来。

对贾思敏的暴躁，她感同身受。以前她们节目曾采访新晋歌手，年轻人染一头金毛狮王般的金发，一只耳朵上打一排耳钉，画深重眼线，通身戴满金属配饰，走动起来叮叮当当响，接受采访时态度漫不经心，讲话咬字模糊，口齿不清。采访甫一结束，歌手走出录影棚，吴婉婉就气得摔了手卡，对导演放言：“以后这样的‘歌手’我不伺候，谁爱采访谁上！”

贾思敏还想多吐几句苦水，眼角余光瞥见大胡子龙行虎步自远而近，脚底抹油开溜之前不忘从远兮手里再抓点蓝莓走。

李厚时走近远兮，冲她招招手，指一指门外。

远兮会意，随他走出谷仓。

谷仓外，晨雾已经散去，阳光预示着将是秋高气爽的晴朗一天。

大胡子负手而立，眺望整片农场：“真是个生机勃勃，充满丰收喜悦的地方！”

不等远兮搭话，他悠然长叹：“人生苦多欢乐少，意气敷腴在盛年。我早过了年轻气盛的时候，有些事做起来，就远没有你们年轻人放得开手脚。”

远兮不认为大胡子会无的放矢，忽然找她出来，只为伤春悲秋，便不贸然接茬，静待下文。

果然大胡子微微转头朝她露齿一笑：“节目制作流程，你都熟悉得差不多了吧？现在节目开拍，你在社交媒体申请一个企业账号，做一个官方认证，等选手们的定妆照和花絮视频剪出来，可以开始宣发了。”

“不找专业宣发公司？”远兮不解。

从她接触的歌手发片也好，演员新剧上映开播也好，前期、期中的宣发力度之大，排场之豪华，绝不是个人能一手操刀完成的。

“细节我不过问，你看着办！”大胡子潇洒至极地一挥手。

远兮真想学咆哮教主附体，双手握住大胡子肩膀拼命摇撼，嘶吼：李老师，您清醒一点！我以前只是个主持人而已啊！您要不要这么任性？！

可她珍惜这份工作和学习的机会，千言万语最后化成一问：“经费呢？”

大胡子仿佛嘉许似的睇了她一眼：“自己做成本预算交至财务审批。”

他眼里有笑。

其实运营节目官方社交媒体账号事宜，直接交由制作平台宣发部门负责就好，可是他就是忍不住好奇，想看看眼前这个纤瘦颀长的年轻女郎，在他或是整个节目拍摄过程中带来的重重压力下，究竟能走得有多远？还是最终扛不住重压，像他其他几任助理，连三个月试用期都撑不到，便辞职求去？

第十章

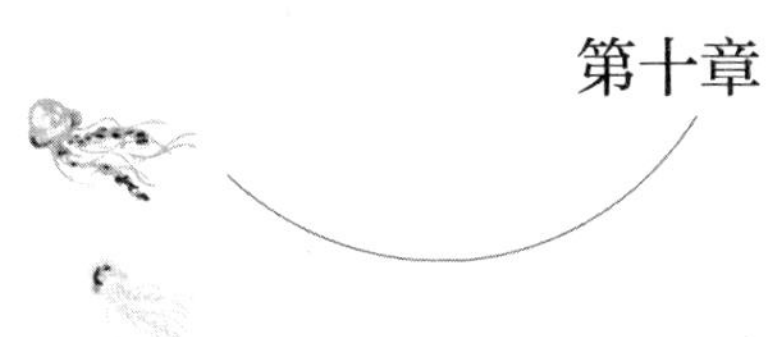

楼向明循着前台接待和服务员的指点，找到农庄后院，看见许凌昀正与光头厨师合力将里外均匀涂抹香料酱汁的乳猪严严实实地用铝箔纸包好，挂在特制的铁钩上，缓缓沉到地上一眼砖砌的圆坑里。

圆坑中热力蒸腾，扭曲了地坑上方的空气，后院里满是果木燃烧的独特清香，教人远远闻着，已经垂涎欲滴。

许凌昀直起身看见他，撩起别在裤腰上的毛巾擦擦手："楼导，有事？"

楼导点点头，将周五淘汰赛所需食材清单交给他："麻烦许先生看看，这些原料农场里都能置齐吗？如果农场没有，我们立刻到外面去进货。"

许凌昀将长长一份清单细看一遍，伸手指了指其中一大项：

“海鲜我们没有，不过农庄有自己的供货渠道，您看是节目组自行寻找供货商，还是……”

“一事不烦二主，就劳许先生您帮忙一起采购了吧。”楼导朝他拱拱手。

许凌昀痛快应承，略迟疑片刻，问：“这两天怎么不见郁助理？”

“郁助理啊……”楼导笑叹，“李老师又有新任务分派给她，这几天都在外头做调研，忙得不见人影。这不，她手头原有的工作，这几天暂时落在我身上。”

“辛苦楼导了。”许凌昀一边伴着楼导往前院走，一边在经过后厨时从果蔬架上取下一盒草莓交给他，“尝尝看，今年第一批采摘的章姬草莓，在我们农场批发二十元一斤，到附近最大农贸批发市场，最便宜也得二十五元。”

楼导笑起来：“不辛苦，就是多走几步路的工夫。再说，要是不落在我身上，我哪里有机会吃到刚采的草莓啊？”

许凌昀微笑：“欢迎楼导常来，我们果园里橙子、橘子、车厘子陆续采摘上市，你来包管都能尝到。”

“我算晓得郁助理为什么经常往你这儿跑了！”楼导夸张地做恍然大悟状，说完，他还促狭地朝许凌昀眨眨眼。

两人一起走出农庄，往员工活动室方向去。走到农场主干道与通往活动室的岔道口，遥遥看见果园方向有女孩子们忙碌的身影。

楼导与许凌昀不约而同地驻足远眺。

“周二淘汰赛一气淘汰十名选手，她们终于意识到这终究是一场比赛，开始有危机感。”楼导言语中调侃不再，“都想赢下今天的任务，获得明天比赛免于淘汰的优势。”

今天的挑战任务只需要参赛者们前往果园，在规定时间内，将已经提前修剪下来的树枝运往农机房进行粉碎处理。哪一队最先完成粉碎一百公斤树枝的任务，就算获得胜利，能在下一场淘汰赛中拥有一次豁免权，而在限定时间内没有完成挑战的队伍将面临惩罚任务。

任务没有任何技术含量，拼的就是体力和对时间的管理。

策划组在这一环节还设置了一些游戏规则：选择人力搬运树枝到农机房的四个小队，可以比选择使用运输工具搬运的队伍，早出发半小时。相应的，选择使用工具的四组，则要在原地苦等三十分钟方可进行挑战。

默默注视两个平时看起来肩不能挑手不能提、娇娇弱弱的女孩子，此时扶着独轮车东倒西歪地一边试图保持平衡，一边努力要将装满树枝的独轮车推往将近一公里外的农机房，做惯农活的许凌昀都暗暗替她们捏一把汗。

楼导倒不担心，笑眯眯地拍拍他的肩膀："许先生农场里还有什么活儿需要人手？尽管同我说，别客气！"

许凌昀对着楼导笑容可掬的脸，忽然有点想念郁助理淡然礼貌的微笑。

被许凌昀惦记了的远兮，此时正在迅鹰国际大厦三十楼吕承州的办公室内，与吕承州相对而坐。

"还想请师兄行个方便，让我到宣发部门学习两天。"远兮郑重请求。

吕承州稳重的国字脸上露出一丝无奈表情："老李那厮又刁难你？"

大胡子不是什么善男信女，在业界虽然名气响亮，只不过脾气坏、难以相处也是出了名的。他身边的助理，待得最久的也只有三年，短些的连一个月都不到。但如果能扛得住大胡子分派的高强度工作和他那暴脾气，收获也显而易见。在他身边待足三年的助理，哪怕签有离职保密协议，两年之后，仍有数家一流影视制作公司向他抛出橄榄枝，他现在已是一家上市影视公司的制作总监。

远兮哑然失笑。吕师兄与大胡子在彼此口中互为“那厮”，显见是熟不拘礼，但她哪里有资格抱怨?

“是李老师信任我，给我学习的机会。”她笑一笑。

吕承州轻拍桌面：“你有这个心态，好！”

当即打电话到宣发部门，与对方管事人沟通：“我师妹，老李的助理，到你那边学习两天，就两天。望勿藏私，多教教她。过两天我请你吃饭！”

放下电话，他朝远兮挥挥手：“去吧，两天虽然不足以了解宣发环节的十之一二，但懂些皮毛总比一窍不通好。”

“谢谢师兄！”远兮起身。

“谢什么谢？等你出师，将来再度翻红，记得时时对人说起师兄对你的知遇之恩。”

远兮笑不可抑：“不敢忘。”

走出吕承州办公室，在前往宣发部的走廊上，远兮遇见一个从艺管部出来的平台女主播。她穿一件粉蓝色缀有繁复蕾丝的森女系连衣裙，长发左右扎成两条辫子，发梢里编进几朵粉色小花，脸上画着精致日系妆容，像是从哪处森林里走出来的可爱精灵。

远兮对她微微一笑，与她错身。

女主播先是一怔，随即追上远兮：“郁老师？！”

远兮停下脚步：“你好！”

“哎呀！真的是郁老师！我今天好幸运！”女主播双手合在胸前，“我特别喜欢您主持的《音乐超能力》，您是我从小的偶像！可惜自从五周年特辑播出后，节目就停播了……”

她从挂在腰间的碎花小包里取出手机：“郁老师，我能同你合个影吗？”

远兮有心拒绝，女主播又双手合十：“就一张！郁老师，就一张，好不好嘛？”

可爱女生，当面撒娇，便是铁石心肠，也很难抗拒。远兮只好点头同意，不过有一个要求：“如果要修图，请一定不要把我修得太离谱。”

女主播闻言笑起来，露出两颗虎牙：“我不修图，有颜，任性！”

远兮笑出声，女主播趁机凑到她身边，伸长手臂，举高手机，按下快门。

手机屏幕上，两人一高一矮，女主播在前，远兮微微在后，俏颜如花的女主播与短发黑风衣的远兮形成强烈对比。

“完美！”女主播将手机按在胸口，“谢谢郁老师！”

她注视远兮走进宣发部办公室，这才半垂着头向外走，手里不停在手机上编辑文字，写了删，删了又写，终于觉得满意：

遇见偶像，是我想追赶她脚步，努力要成为的人。

她咬着嘴唇，将句号删除，用一颗心型表情符号代替，附上照片，上传至社交媒体和朋友圈。

远兮在宣发部门从上午九点一直待到下午五点半下班时分，宣发人员倒真不藏私，整个部门运作任她随意参观，若她不懂也愿意耐心解答疑问，只不过时间终归比较仓促，远兮能深入了解的实在有限。

下班以后，远兮与母亲约在离家不远的一处一站式购物广场吃饭，郁爸爸单位忽然接到区里对夜市安全、卫生联合检查的通知，临时加班，不能与妻女同进晚餐。

“等一下回家路上，买一客您最爱吃的铁锅生煎打包带回去，给您当夜宵。”远兮远程安抚不得不在单位加班吃工作餐的老爸。

“还是女儿贴心！”郁侑庭心满意足，结束语音通话。

母女二人在日料店吃了饭出来，陶穆拖着女儿到商场里买衣服。

“周日同王阿姨见面，我也不要你穿得多正式多隆重，稍微打扮一下，不要像古惑仔就好。”陶穆拿眼睛自女儿头顶扫到脚跟。

“我哪里像古惑仔？！”远兮百口莫辩，“我只是贪图方便而已。”

“王阿姨长久没见到你了，你也不希望她乍一见你，以为我悄悄在外面生了个儿子吧？”

远兮把额头抵在母亲肩膀上，笑得直颤：“妈，说好的开明家长呢？”

“一年三百六十五天，我开明三百六十四天，让我放假一天可好？”陶穆语气温柔，甚至还抬手摸了摸女儿头顶。

远兮站直身体，抬双手上下划动，做五体投地状：“必须放！放假一天哪儿够？起码放它十天八天！”

母亲要是疾言厉色，远兮说不定牛脾气发作，偏偏母亲使出怀柔手段，远兮当场投降，任由母亲将她拖进一家满目粉嫩颜色的女装店。

店内光线柔和，衣架上款式由短至长、颜色由浅至深，陈列着一系列材质柔软轻薄、款式突出柔美线条的女装。

远兮略过粉色系，直接走到大地色系衣架前，信手自众多衣服中抽出一件大衣，搭在身前比画了一下，随即将大衣朝候在近旁的营业员一递：“就这件吧。”

“试都未试，怎么就这件了？”陶穆微嗔。

“你女儿我是衣服架子，穿什么都好看！”远兮朝母亲眨眼笑。

“自信是好事。”陶穆扶额，“盲目自信就不好了。”

“咦？您不是从小教导我做人要有自信嘛？”

营业员听两母女斗嘴，笑着取下另一件烟粉色重磅真丝衬衫，向远兮推荐：“这件衬衫搭配您选的大衣，沉稳之余不失柔和，如果不赶时间，您可以试试看。”

远兮对上母亲殷殷期盼的目光，妥协，接过衬衫和大衣，搭在手臂上，进试衣间。

关上门，一边换衣服，一边耳听营业员和母亲站在试衣间外聊天。

“您女儿又高又瘦，皮肤又白，怎么搭配都好看。”营业员顶会看山水，一眼就看明白两位女客中谁说了算。

“唉……她就是不肯好好打扮，总穿得灰不溜秋。”陶穆半真半假地抱怨，“白白浪费好身材。”

“我们品牌有不少颜色浅淡优雅，款型简约利落的衣服，您可以多看看，一定能选到符合你们要求的。”营业员再接再厉，“像这条大地色系吸烟裤十分百搭，配刚才的大衣、衬衫刚刚好。”

远兮在营业员将店内所有衣服都向母亲推荐一遍前从试衣间里出来。

陶穆只觉得眼前豁然一亮。

脱去黑风衣灰卫衣，换上烟粉色衬衫，外罩大地色大衣的远兮，一下子褪去身上些微冷冽的气息，连平时棱角分明的五官都仿佛柔和了。

陶穆满意地点点头。

远兮打量一眼穿衣镜中的自己，回眸对母亲笑言：“可以去拍偶像剧了。”

“请问男主角在何处？”开明家长陶穆已开启放假模式。

“如此大手笔偶像剧，男主角怎能马虎？当然还在海选当中！务必精挑细选，一出场便震得女性观众心潮澎湃，男性观众嫉妒成狂！”远兮抬手在自己身上虚虚一扫。

站在一边赔笑的营业员终于敛去职业微笑，露出“看来这单生意有戏”的真心实意的笑容。

远兮结账后接过购物袋，与母亲走出女装店。

购物中心中庭巨大的屏幕上正在滚动播放顶楼电影院最新影片资讯，精彩预告片中忽然有女主持采访好莱坞明星的画面闪过。

LED巨屏上，吴婉婉笑容明艳，一袭以宋代名画牡丹图为灵感的礼服衬得她人比花娇，站在星光大道中国剧院前的红毯上，用流利的英语采访著名电影人，神采不逊于女明星。

远兮不由得放慢脚步。

陶穆循着她的视线望去，自然认得吴婉婉，遂轻拍女儿手背："大家在各自领域，也许分了台前幕后，但付出的努力是一样的，不要妄自菲薄。"

远兮搂紧母亲手臂："有你和爸爸对我的全力支持，做我最坚实的后盾，我毫无畏惧。"

两人说说笑笑相偕回家。

与此同时，社交网络上女主播同远兮的合影，掀起一场始料未及的、各路粉丝出没的骂战，相关不相关的人物，自觉不自觉地被卷进风波当中，引发舆论狂欢，也将淡出幕前的远兮再次推上风口浪尖。

女主播森森，手工达人，在视频平台和各大社交软件平台拥有大批忠实拥趸，每一期手工视频都有百万播放量，她对各类街拍、服饰搭配的犀利点评广受欢迎。

身为设计师的森森，最大的本事是能把父母闲置多年的古着衣物，通过一双巧手，赋予其全新时尚灵魂，经常将粉丝邮寄给她的物品经由她的巧思，改头换面成独具特色的潮流单品，被称"有一双化腐朽为神奇的手"。

对音乐，森森亦有独到见解，她的视频常常以不同年代、不同风格的歌曲与当期节目制作的物品相互呼应，别有意趣。

这样的森森，在粉丝当中颇有号召力。当她难得在社交平台晒出自拍，不消片刻便引来大批粉丝围观。在清一色"森森好美！""小姐姐求嫁！""我可以！"之类溢美之词的评论中，偶尔夹杂一两句：

“后面的小姐姐好酷！”

“噫？看起来哪里见过！”

也有人好奇：“我们森姐的偶像！什么人啊？！”

隔不久，有八卦消息比较灵通的粉丝回复：“郁远兮。”

下头便聊起来。

“郁远兮？不认识！哪路神仙？”

“浦江本地一个主持人而已。”

“主持人，还而已？拜托！她主持《音乐超能力》节目时你大概还没上小学吧？”

楼上有些不乐意：“听都没听说过的小主持，谁认识她啊！”

“那是你没见过世面！”回复楼上的人附上一条视频链接。

被这层热闹回复吸引过来的路人看毕视频，霎时刷屏。

“好帅啊！”

“膝盖拿走，别客气！”

在一片嘻嘻哈哈气氛热络的评论当中，蓦然有人酸溜溜地发言：“一个过气女主持罢了，怎么哪儿哪儿都有她？一歇歇晒防身术，一歇歇见义勇为，现在又来蹭森姐的热度，这是要C位（中心位）出道的节奏啊！”

话说得讨人嫌，大多数人都没搭理她，偶有一人回复，注重点也都非常清奇。

“见义勇为？说来听听。”

不过无人响应，很快淹没在众多粉丝的评论当中。

本来到这里，一张网红女主播与下岗主持人的合影也掀不起什么轩然大波，偏偏下午一条评论横空出世。

“郁远兮的身手，比当下大多数网红脸女星都好不止一星半点吧？哪家粉丝不信，拉出你们本命出来打一场。”

此言一出，评论里顿时炸了窝。

心平气和些的，好言相劝：“不要在森姐这里给森姐惹麻烦。”

脾气暴躁些的，直接爆粗：“你莫不是个黑？”

当然也有看戏不怕台高，趁机起哄的：“就是，就是！是骡子是马，拉出来遛遛！周俐夜不是号称为拍打戏专门请武术教练学了一年，坚持不用替身吗？和帅姐姐打一场嘛！”

即刻有人跟着火上浇油：“对啊，抠图女王叶盈敢不敢应战？！”

至此歪了楼。

维护自己偶像的、借机安利本命的、暗暗夹枪带棒捧一个踩一个的……纷纷跳出来，评论区一片混战。

到晚饭时候，森森从工作室出来，拿起手机，打开社交软件，被新消息的数字骇住，后知后觉地发现一张合影，已引得评论里血雨腥风。

晚八点，森森发的照片上了实时热搜。

与此同时，另一条视频也同步登上热搜榜。

夜间拍摄的视频只得短短三十秒，画质模糊得叫人挠头，勉强能看清是一处马路停车点，有人围着一辆车一个人。播放到五秒时，有纤瘦身影进入画面，经过人与车；八秒时，已经走出几米远的瘦长身影旋足返回；十二秒，有人冲向细瘦身影，动手打人；十四秒，纤瘦的人灵巧地侧身避开，伸手钳制住对方手腕，一掰一拧，比她高壮的人轻松被她制服，而这行云流水般的动作，只用时短短两秒。

而后的十多秒，都是纤长身影与被歹徒围堵者之间的画面，隐约看得出两人在以手语沟通。

视频标题为“女主持见义勇为，残疾人深夜获救”。

森森评论里有人指路，顿时大量围观群众拥入此条已经发布数天，此前并未引起多少注意的视频下，议论纷纷。

“这么模糊，看不清楚啊！”

“黑漆漆一片，是人是鬼都分不清，阿婆主（发表视频的作者）是怎么看出女主持的？”

“是不是女主持不晓得，但看得出身手了得，两秒制敌。”

“这就是传说中的秒杀吧？”

“太帅！跪了！”

“摆拍吧？”

晚九点，一位昵称“社区小甜甜”的网友的评论升至热评第一位：

“我是当晚群众听到声音报警后第一位赶到现场的社区联防员，受害人是一位聋哑人，多亏女主持路过见义勇为，才避免受害人的财务损失，保障了他的人身安全。并不是什么摆拍。受害人一直表示还没来得及向救命恩人当面致谢，希望能通过万能的社交媒体联络上见义勇为的热心市民——女主持郁远兮。”

热评下多数是对远兮见义勇为行为交口称赞的，自然也有质疑社区小甜甜身份，怀疑这是一场炒作的人。

与此同时，从森森评论里循迹而来的女明星粉丝开始冷嘲热讽。

“一个十八线小主持，也好意思蹭我们俐哥的热度！”

“理智追星，不要给俐哥招黑！骂她就是给她增加流量。”

“连十八线都不是了呢！已经下岗了呢！”

“抱走俐哥，不约！”

旋即有回复挖苦：“你们俐哥根本打不过吧？”

俐哥粉回骂：“楼下可是抠图女王的走狗？”

双方粉丝热热闹闹、痛痛快快地掐了起来。

当然也不缺少武术行家在视频下点评：“稳准狠快的小擒拿手，一招制敌，摆拍断然拍不出此等效果。”引来一众武术爱好者热烈讨论。

更有数据控将《音乐超能力》三位主持人各自单独主持的数据列成图表，直观地供围观群众了解远兮的主持能力。

“从数据看，郁远兮单独主持的每一期，收视率都非常稳定。从主持风格看，吴婉婉最热闹，严灵最感性，郁远兮最理性。但从专业角度看，郁远兮的采访更深刻，不太侧重八卦。”

一张图罗列了三人单独采访的艺人名单，实时收视率和综合收视率，最后总结，能力最强的主持人反而下车，不得不叫人怀疑电视台任人唯亲。

“对！我最喜欢郁远兮不煽情、不夸张、冷静理智的主持风格！”

“点头。谁要看疯疯癫癫，拿无知当有趣的主持啊？”

“可是各有各的风格吧？不能因为你喜欢就否定别的主持人的能力。”

至此，质疑女演员真实演技、主持人专业能力的声音，盖过女主播森森的自拍和暗夜小视频，彻底掀起一场粉丝与粉丝、专业人与专业人之间的激辩。

社交网络沸反盈天的热闹喧嚣，远兮全然未觉。

晚上回家半小时速度球练习后，远兮洗完澡扑在床上研究宣发资料。

陶穆端着一个果盘站在门口，看女儿的短发湿漉漉地耷在耳后，趴在床上，不由得摇摇头，轻轻敲门走进卧室，将果盘放在床头柜上，顺势坐在床边。

“还没忙完？”

陶穆自果盘里用小叉子叉起一块凤梨递到女儿嘴边。

“谢谢妈妈！”远兮一块凤梨落肚，合上笔记本电脑，翻身坐起来，偎在母亲身边。

“累不累？”陶穆想摸女儿头顶，一看那头湿发，又起身进浴室拿干毛巾出来捂在远兮头上，来回轻揉，“总不记得把头发吹干。”

“短头发一会儿就干了。”远兮不甚在意。

“周日吃饭，王阿姨两个儿子也会来，没问题吧？”陶穆给女儿打预防针。

“又不是相亲，无所谓。”

远兮与王阿姨的两位继子缘悭一面。

当初王阿姨因特殊教育工作者身份结识家有聋哑儿的离异艺术家，两人逐渐产生感情，为与艺术家在一起，王阿姨不是没有牺牲的。她放弃教师工作，甚至没能获得家人的祝福，只同艺术家举行了一个少数好友参加的小型婚礼。远兮是婚礼上的花童，艺术家的两个儿子并未到场，据说是被母亲接到澳大利亚去过暑假了。

总之二十年来，远兮对艺术家的两位公子，从来只闻其名，未见其人。

陶穆重新坐在床沿上：“她也不容易。结婚的时候两个孩子都十多岁，已经记事，平时住校，寒暑假年年被生母接到国外，她想同他们亲近也没机会。如今两个男孩都成熟了，大概也明白他们这些年的失礼，所以有心弥合。到时候你可别脸一拉，让他们下不来台。”

远兮诧异：“我怎么会让他们下不来台？”

“你和你爸一模一样，面无表情的时候，看起来凶巴巴的。”陶穆模仿两父女板着脸的样子，“喏，就这样！”

远兮好想说“我不是我没有”：“那要怪爸爸，不能怪我！”

恰好郁侑庭推门进来，遥遥听见一句，问：“什么事要怪我？”

“妈说我面无表情时看起来凶巴巴的，像你！”远兮在母亲瞪她之前扬声说。

“那能是凶巴巴吗？”郁侑庭闻言笑起来，“那叫一身浩然正气，不怒自威。”

陶穆拿手指一点女儿脑门：“你就同你爸联合起来好了！”

“我要不怒自威了！”远兮抱着枕头哈哈笑。

“你慢慢威，我给你爸热生煎去。”陶穆只觉得女儿这样一笑，真是没有一处不好的。

严灵的电话在这时打进来。

远兮心情正好，接起电话，声音里仍带着一丝笑意：“你好！”

“郁远兮，你红了！”严灵有些酸溜溜的。

“咱们不是一起红了好多年？”远兮笑着反问。

“你还不知道？赶紧看看你的朋友圈和社交应用！”严灵几乎喊破嗓，“给你五分钟！”

挂断电话，不明所以的远兮重新打开笔记本电脑。

她并不沉迷社交网络，绝少自拍，除非工作需要，她的生活尽量远离公众视线。看书、运动、旅行，远兮喜欢一切不必与人刻意分享的体验。

远兮一直记得老师季江桐曾对她说过，主持人存在的意义就像绿叶之于花朵，最要紧是懂得不喧宾夺主。使版块与版块之间无缝衔接，让观众觉得不仓促、不生硬，是主持人的工作。最忌不知不觉，模糊工作和生活的界限。

所以当有些同行活成娱乐八卦的头条时，远兮始终保持着同娱乐江湖的距离。

然则此刻打开久未登录的社交软件，更新版本，回忆半天想起密码，进入首页，远兮内心是茫然的。

她最后一条状态发布的时间，停留在五年前，毕业进入电视台，结束试用期，正式成为台聘主持人后。金色VIP标志旁是她穿白衬衫粉蓝西装，侧身站在录影棚里拍的一张半身照，姿态工整有余，闲适不足，如今看来倒更像是户外广告上的房产中介。

整条状态是简简单单一句话：很高兴能成为文艺频道大家庭的一员！

原本只得寥寥十数个评论，现在下面却涌入大量被指路而来的吃瓜群众与各方粉丝，吹捧表白、围观吃瓜与阴阳怪气、破口大骂的言论混在一起，好不热闹！

远兮迅速浏览几页评论，被其中某些人言辞之粗鄙、内心之阴暗所震惊，赶紧退出社交应用，深吸两口气平复情绪。

难怪阮玲玉当年留下一句人言可畏，服药自杀。

心理承受能力不足，抑或脸皮不够厚，被如此密集的语言暴力攻击，很难承受得住。

严灵的电话再度打入：“看过了吗？！”

“看了。”

“我上次的提议，仍然有效。以你最近的人气，不如趁热打铁，和我一起开办联名工作室，我们人多力量大！”严灵声音里带着激动，将美好未来愿景铺展在远兮眼前，“凭我的人脉资源，你的专业素养，还有我们共同的深厚观众基础，不愁没有好项目。”

“不瞒你说，我想跟着李老师，多学些东西。”远兮并不打算给严灵虚假的希望。

严灵在彼端气结：“你这榆木脑袋！现在关于你的话题正火热，要抓紧机会啊！过了这个村，就没这个店了！”

“没关系，三两天以后，某女艳压众女星、某男公开新恋情的新闻一上热搜，再没人注意我这下岗过气十八线小主持的消息。”远兮才不担心这一波莫名其妙的爆红。

严灵无计可施，只好强调：“我工作室的大门，永远向你打开。”

远兮结束与严灵的通话，盘膝坐在床上，半托着腮，纳闷地回想，当初究竟为什么停止了社交应用上的状态更新呢？

直到刷牙上床熄灯临睡前最后一秒，她才恍然自脑海深处，忆起根由。

“她不就是仗着自己有后台嘛！一毕业就成了台聘主持人！”女声里满含不屑。

“她要有本事，去考全事业编制啊！”另一道声音阴阳怪气，“还‘大家庭的一员’！炫耀给谁看？！”

“自觉高人一等，踩我们这种签约主持人呗！”

从烟雾缭绕的选题会逃到走廊上，在一株高大发财树后透气的远兮，全程听见凸出外墙的走廊阳台上，两个节目聘请的女主持人，对她发布的一条社交应用状态充满恶意的解读。

远兮在沉入黑甜乡时，微带遗憾地想：我大抵就是自那一刻起，深知一句简单陈述，都会被人曲解成充满歧义的炫耀，从而决定无论在工作单位还是社交平台，都应努力做好本职工作，少发布个人状态。

第十一章

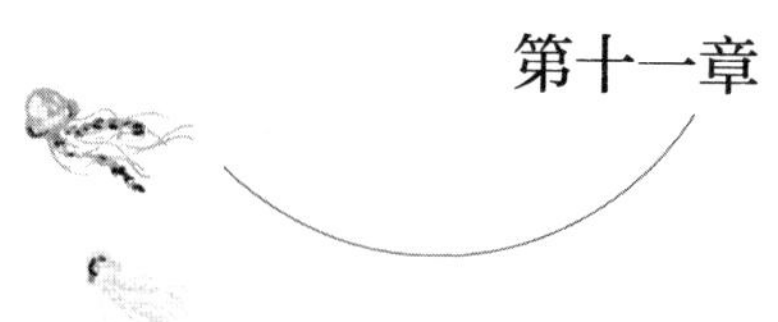

七点刚过，许凌昀被母亲的敲门声唤醒。

他昨晚和远在特拉维夫的农业专家通过视频通话，了解最新无线传感器测量土壤湿度技术和其在智能大棚应用的可行性，因与特拉维夫有六小时时差，他同农业专家聊到深夜才结束视频通话。

母亲冯宪珍敲门时，他还没睡足六小时。

“小昀，好起床吃早饭了。”冯宪珍站在儿子卧室门外，耳朵贴在门上，听门内没有动静，又敲敲门，温声说。

“您先吃，让我再睡一会儿。”许凌昀声音里带着浓浓睡意。

“你忘记啦？今天要和王阿姨吃饭。你快点起床，吃完饭我约了巷口理发店唐师傅给你弄头发。”

许凌昀将整张脸埋进枕头中，半晌才睁开眼睛：“马上就来。”

他答应陪母亲与以前董家渡的老邻居一道吃饭，本以为母亲打扮得漂漂亮亮就好，想不到他自己也需盛装上阵。

“我可以选择临阵退缩吗？”他从床上爬起来，咕咕哝哝地低语。

“不可以！”想不到冯宪珍隔一扇门都听见他自言自语。

许凌昀扒扒头发，认命。

彩衣娱亲，义不容辞！

十一月的浦江，已是暮秋时节。

长长一条滨江大道两旁遍植银杏、香樟、悬铃木，金色、橙色、红色的树叶，远远望去，如霞似锦，江风拂过，落叶自枝头窸窸窣窣纷纷飘坠，仿佛花雨。

王佩宁选在滨江大道一处私人会馆内宴请老友。

私人会馆相去不远是一家本埠颇负盛名的画廊，此番她先生的绘画雕塑展正在画廊内举行，为图方便，她遂将老友聚会地点定在相邻的会馆。

许凌昀陪母亲走进包房，一眼看见站在落地玻璃窗前眺望江景的王佩宁王阿姨。

伊留短发，穿雪花呢外套，搭黑色及膝窄裙，配黑色中跟鞋，背影显得十分年轻。听见响动，回过身来，看到冯宪珍母子，眼睛一亮，伸开双臂迎向冯宪珍，两人把臂相望，脸上都是激动颜色。

“宁宁！”

“珍珍！”

两个加起来一百余岁的人，彼此呼唤对方昵称，似回到少时。

“自从董家渡拆迁，我们有十五年未见了吧？”王佩宁拉着冯宪珍的手，“你看起来一点都没变！”

“哪儿可能没变？老了！”冯宪珍忍不住摸一摸头发，“你倒真是没有什么变化。”

王佩宁又对站在一旁扮锯嘴葫芦的许凌昀感叹：“一晃眼，小昀都这么高大英俊了！老房子邻居吃散伙饭的时候，你好像刚上初中？”

许凌昀微笑着唤一声：“王阿姨，那时快初中毕业。”

“辰光过得真快！”王佩宁感慨万千，“我和你妈都老喽！”

三人分宾主落座，服务员替他们斟茶送水的工夫，包房门被再度推开。

“原来阿王不只请了我一个！”

人随声至，陶穆走进包房，笑盈盈冲王佩宁挥手，又对冯宪珍、许凌昀点点头。

“人多才热闹嘛！”王佩宁起身相互介绍，“你们没见过吧？这是我从前的老邻居，从小玩到大的朋友，冯宪珍。这是我以前单位最要好、无话不谈的同事，陶穆。”

王佩宁还待要介绍两个晚辈彼此认识，却见两人一照面先是一愣，随后相视而笑，心细如发的她微微扬眉：“小昀和兮兮，勿会是认得吧？”

两人并不扭捏，齐齐朝王阿姨颔首：“认得！”

“哦哟！”王阿姨拊掌，“哪能噶巧啦？这下不愁你们小朋友没话题聊了。来来来，不要呆呆地站在那里，你们小朋友挨着小朋友坐！我们老阿姨同老阿姨坐！”

“您哪里是老阿姨？”远兮失笑，随后大大方方坐在许凌昀身边。

三位中年女士展开热聊时，服务员进来询问是否开席，王佩宁点头：“上菜吧。”

“不等等你家两位公子？”陶穆按一按王佩宁的手。

王佩宁失笑：“他们在隔壁画廊陪老何招呼来观展的客人，一歇歇就来，不用特地等他们。”

远兮没见过何氏兄弟，许凌昀则根本不晓得王阿姨的家庭状况，两人微微凑近，以茶代酒，碰杯。

“想不到这么巧。”许凌昀本以为这顿饭，他要挨上两个小时，未料有意外之喜。

“无巧不成书。”远兮望向对面容光焕发的王阿姨，朝许凌昀眨眨眼。

她约略知道王阿姨的遭遇，对与母亲同龄，但因嫁给家有聋哑儿的艺术家，担心有了自己的孩子，两个继子会觉得受到忽视，而放弃了她腹中曾有的一个胎儿，一心一意对待继子的王阿姨，她是由衷佩服的。与此相比，一直对王阿姨冷淡疏离的何氏两兄弟就显得有些浑蛋了。

她答应母亲要照顾王阿姨的心情，不板着一张脸，只是到底意难平。

此时此刻有许凌昀在场缓冲，远兮想，她大概可以撑到散席。

冷菜上齐时，何家兄弟联袂而来。

进得门来，何晟风出声致歉：“抱歉，来晚了！”

王佩宁笑眯眯地朝两人招招手：“不晚，刚刚上菜！坐！”

又为众人做介绍：“这是我们家晟风，那是晟云。这是冯阿姨、陶阿姨，郁远兮、许凌昀。”

何晟风一一与众人打招呼，何晟云自进门便一语不发，只管注视远兮，眼睛一眨不眨。

王佩宁同陶穆对视一眼，有心化解这稍显尴尬的情形：“是不是看远兮眼熟？她可是有名的主持人，主持过不少大型综艺节目和电影节开幕式！”

远兮忙朝王阿姨作揖：“我已经下岗啦，您快别夸我了！”

“下岗？”王佩宁颇觉意外。

何晟云却大步走到远兮身边，以手语问：你还记得我吗？

远兮微怔，何氏兄弟进门以来，她第一次正眼打量他。

何晟云头发修剪整齐，戴一副无框眼镜，同何晟风一样，穿黑色手工西装，哑黑色衬衫解开最上面两粒纽扣，露出一点精瘦胸膛。如果他不打手语，看起来同城市中千千万万年轻人别无二致。

远兮微微疑惑，望向母亲与王阿姨。

何晟云转而对兄长何晟风快速比画手势，嘴唇不断开合，何晟风不得不伸手安抚他：“慢点。”

坐在圆桌另一边的王佩宁则倏然站起身来，大声问：“什么时候的事？这么大的事，怎么没同你爸爸和我说？”

陶穆也大为意外，问远兮：“你们俩都没受伤吧？”

在座七个人，只得冯宪珍母子看不懂手语，满面茫然。

何晟风露出一丝无奈而包容的笑来，解释：“家父前段时间入手一箱一九八八年吕萨吕斯酒堡的波尔多贵腐酒，阿姨说陶阿姨的先生爱酒，家父便让我亲自送一瓶到陶阿姨家。不巧我那几天正忙于画廊布展，阿弟自告奋勇替我前往，没想到在停车场遇到几个喝醉酒的小混混，要抢阿弟的车开去兜风。阿弟不良于言，无法呼救，所幸被经过的远兮碰见。危急关头，多亏远兮见义勇为，从几个小混混手里救了阿弟，使他免于受到伤害。”

何晟风郑重向远兮道谢：“当时天色已晚，又比较混乱，阿弟没来得及问你的联系方式，好在今天竟然有幸遇见救命恩人，一定要向你当面表示感谢！”

远兮无意居功：“既然天色已晚，令弟也许没看清楚，认错了人。”

何晟云忽然开口，用极不标准，十分含糊的吐字，说：“我、视力、好，没、认错、人！”

远兮倒没露出太过诧异的神色，何晟云离得近了，她就留意到他耳后有手术留下的疤痕，想必进行过人工耳蜗植入。

那头王阿姨却双手捂嘴，泫然欲泣。

“阿王……”

“宁宁！”

陶穆和冯宪珍一左一右，先是面面相觑，随即齐声安抚她。

王佩宁将头靠在陶穆肩膀上，慢慢忍住泪：“一把年纪，还这么容易七情上面，见笑了。”

因家中反对她和有过一段婚史并与前妻育有两个儿子，其中一个儿子还是残疾人的老何恋爱，她当时几乎是以一种同父母决裂的姿态嫁给老何，父母觉得她丢了他们的脸，对外人绝口不提她的感情和婚姻，老邻居当中知道她情况的人寥寥无几，倒是同事兼好友陶穆，比较了解内情。

“好啦，好啦，孩子们都已长大，懂得体贴长辈了。”陶穆轻拍王佩宁后背，“轮到我们多多享受生活！”

王佩宁点点头。

两个继子，老大从小老成，老二语前耳聋，老何醉心艺术，前妻觉得自己备受冷落，照顾残疾的小儿子使她身心俱疲。短短五年时间，曾经伉俪情深的一对艺术夫妻最终分道扬镳。老何的前妻也不要两个孩子的监护权，独自旅居国外，美其名曰寻找艺术创作灵感。

老何上山下海采风，长子送到私立寄宿学校，幼子则送到王佩宁任教的特殊教育学校，每周末老何会接孩子回家，一来二去，接触得多了，彼此产生好感。可当初她手把手教会他手语的那个孩子，却再不肯正眼看她，即使后来植入人工耳蜗，听得见声音，学会发声、讲话，也从未对她说过一句话。

此情此景，听到晟云含混不清的语句，她心中的酸楚，言语无法形容。

远兮瞥见光可鉴人的落地玻璃上自己表情欠奉的脸，思及答应母亲的事，迫使自己露出一点点礼貌性微笑：“举手之劳，何足挂齿。”

何晟云仿佛看不懂她的礼貌客套，执着地以手势问：可以交换联系方式吗？请允许我单独请你吃饭致谢。

远兮刚想拒绝，何晟风已先声夺人："远兮千万不要推辞，这是晟云的一番心意。"

不想母亲与王阿姨为难，远兮保持微笑，在何大殷殷注视之下，与何晟云交换彼此电话号码。

"不过我最近在参与节目录制，短期内恐怕没有什么私人时间。"远兮给何氏兄弟打预防针。

"哦？什么节目？"何晟风颇感兴趣地问。

远兮笑着一指自何家兄弟进门后便没机会开口的许凌昀："在他的农场里干农活的节目。"

"干农活？这倒是很新奇的节目形式。"精明干练的何晟风有些意外地看向穿着得体却一直保持沉默的许凌昀，"不知道许先生的农场位于何处？可以前去参观吗？"

许凌昀给了远兮一个"你这是祸水东引吗？"的眼神，学她样子，展笑："在国际主题乐园附近，欢迎光临！"

餐桌对面王佩宁平复了情绪，何晟风主导话题，一时席上言笑晏晏，丝毫看不出稍早的尴尬气氛。

身为画廊主理和艺术品投资人的何晟风，刻意使出生意人的交际手腕，控场能力，连见惯大场面的远兮都自愧弗如。

他展现出对农场经营的极大好奇，请教许凌昀该如何种植瓜果蔬菜的同时，不忘捎上远兮，非常直白地问她，在镜头前干农活是怎样的感受？还能兼顾有听力障碍的弟弟，为他做手语翻译，不教他感觉受到冷落。

这才是真的长袖善舞，远兮暗暗想。

"好啦，都别客气来客气去。"王佩宁招呼大家动筷，"这家的蒜蓉沙姜白斩鸡别具特色，来来来，尝尝看！"

酒过三巡，菜过五味，宾主尽欢，临散席时，三位妈妈已相约继续逛马路、看风景。

王佩宁召服务员打算结账，笑容可掬的服务员表示：“何先生已付过账了。”

“你这孩子……说好了我请客的。”王佩宁轻声对何晟风道。

“此间有我一些投资，以后阿姨们、远兮、凌昀来会所吃饭，直接报我的名字就行。”

王佩宁朝继子点点头，不再坚持。

她知道隔壁画廊由继子投资主理，倒不晓得这家私人会所他也有份参与。

她的目光落在站起身侧头与许凌昀低声交谈的远兮脸上，再往两个继子面上轻睃，心中微微一凛。

这两兄弟，老大对她，一向客气有余，亲切不足；老二时常沉浸在自己的世界里，视周遭发生的一切如无物。这还是第一次，老大对她的友人如此亲切有加，老二的视线则自始至终没从远兮身上挪开过。

他们该不会……

王佩宁不由自主挽紧陶穆的手臂：“我们去逛街吧，远兮、小昀，陪妈妈一起去，我们负责买买买，你们负责买单！”

远兮与许凌昀自然从善如流，倒是还要去画廊继续招呼观展客人的何晟风笑弯了一双狐狸眼：“许先生，我们可说好了，过段时间得空，一定要去贵庄叨扰几天，感受一下农场的绿色生态气息。”

许凌昀唇边浮起职业微笑：“一定扫席以待！”

何晟风这才满意，拉住锲而不舍同远兮打手语，试图约定见面时间的弟弟：远兮还要与阿姨她们逛街，我们晚一点再约她，放心，我说到做到。

何氏兄弟先行告辞，回画廊去了。

王佩宁在前，一左一右挽住陶穆、冯宪珍，三人小声交谈，远兮与许凌昀自然而然，落后几步，跟着上了电梯。

电梯行至一楼，许凌昀按住电梯门，众人都走出电梯，这才最后一个自电梯内出来，迎头碰上一对正从会所旋转门内走进大厅的男女。

已先他一步看到这对男女的冯宪珍，下意识地喊了一声："小昀。"

可是到底迟了，许凌昀一眼望见迎面向他走来的一双璧人，男的一身剪裁得体的西装，一副成功人士造型，女的甜雅可人，湖蓝色日装礼服，裙外披着一件浅浅水蓝色呢斗篷，并肩站在一处，看起来再和谐美满没有。

两人遇见许凌昀，也不由得一愣，男人下意识捉紧了女伴手腕，随后流露出一个志得意满的笑容："大许，好久不见！最近在哪里发财？"

许凌昀还未作答，站在他对面的丽人含笑轻唤了一声："凌昀，经年未见，你还好吗？"

又睇了一眼走出电梯站在许凌昀身边，还没来得及走开的远兮，软声问："这位是？"

许凌昀心头百转千回，一时不知该如何回答，倏然间他只觉得臂弯微微一沉，隔着西装与衬衫，传来一只手的温度，仿佛能穿透他的皮肤，熨烫进骨子里。

是远兮伸手，轻轻勾住他的手臂，效仿对面丽人模样，似笑非笑地问道："这两位是……"

远兮生得纤长，即便穿烟粉色重磅真丝衬衫，大衣搭在一只手臂上，短发劲瘦的她仍带着一种天然的压倒性气质，显得对面女郎气弱许多。

许凌昀蓦地觉得，这一场巧得不能再巧的偶遇，并不似想象中那么难挨。

他伸手按住远兮搭在他臂弯上的手，声音不疾不徐：“多年没见过的朋友，曲鸿程，秦恩琦。”

他脸上甚至还带着一点点笑，略垂了头，注视二人：“我一切都好，你们呢？”

曲鸿程仿佛就在等他这一问，有些迫不及待地炫耀：“我们很好！公司今年打算上市，恩琦刚刚怀了二胎。这不，刚才在隔壁看何大师画展，她经不得饿，所以过来吃饭。”

许凌昀闻言，点点头。

“该走了，妈妈在等我们。”远兮提醒他。

“是，我们还有事。”许凌昀对远兮微笑，笑里有太多言语难以形容的情绪。

他一直轻轻按着远兮的手，直到走出私人会所，也没有放开。

冯宪珍担心地望着儿子与远兮相偕走出旋转门，欲言又止。

王佩宁若有所思，一揽她肩膀：“哎呀，你看我！我们老阿姨逛马路，带他们年轻人做什么？让他们小年轻自己聊，我们逛我们的！”

她一边说，一边顶顶陶穆：“陶穆你说对不对？”

陶穆自然也察觉到几个年轻人之间的暗潮汹涌：“你说得对。”

远兮遥遥目送三位女士手挽手走远，这才从许凌昀臂弯中抽回自己的手，指指滨江步道旁的长椅：“难得偷得浮生半日闲，过去看看江景？”

许凌昀没有拒绝。

两人靠坐在长椅上，一旁是一棵两人合抱粗细的银杏树，树冠伸展，午后阳光自枝叶之间细密地洒落在两人身上，金黄色银杏叶徐徐飘落，时间好似凝固在风里。

不远处浦江宽阔的江面上波光粼粼，江鸥跟随着船只，展翅翱翔，许凌昀望着缓缓流过的江水，思绪抽离，去得老远，仿佛他的肉身，在看一场与自己无关的电影，灰色的画面，昭示着剧情的晦暗沉闷。

那一天，他在公司里为原材料供货商拖延交货日期，迟迟不肯给他一个明确答复而焦头烂额之际，放在办公桌上的手机忽然“嗡嗡嗡”振动起来，来电显示“老许”。他有心不接，但来人锲而不舍，挂断后再次打过来，如是几次，许凌昀到底还是伸手将电话自桌面上摸过来，按下接听键，凑到耳边。

电话彼端母亲虚弱而焦急的声音伴着背景中扰攘嘈杂的响动传进他耳中：“小昀，你快回来一趟！家里来了一帮人，穷凶极恶，说你爸欠钱不还，要把家里值钱的东西都拿去抵债……”

他来不及细问，那头忽然有“哐哐”砸门的动静，一把粗拉拉的嗓子高声嚷嚷着：“开门！开门！兄弟们快来，把门撞开！老太婆躲在卫生间打电话，不要让她报警！”

母亲只来得及叫了两声“小昀”，通话便被切断。

他心头一跳，抓起扔在桌面上的钥匙站起身就往外走，迎头撞上打算推门而入的董秘书。

董秘书一手捧着记事本站在门口，一手按在门把上，维持一个欲推未推的姿势，她身后站着财务总监老吴。两人一前一后，好像都有话要说，然而看见他脸色铁青，手拿车钥匙，明摆着要出去的样子，两人对视一眼，齐齐将嘴边的话咽了下去。

“我赶时间回家，有事等我回来再说。”他对董秘书和财务总监草草说道，然后大步走出办公区，朝电梯方向跑去。

董秘书望着他风一样刮出去的背影，张了张嘴，最终只轻轻叹息，老吴摇摇头，拍一拍董秘书肩膀，转身走向他自己的办公室。

他尽量教自己冷静，在遵守交规避免闯红灯的前提下，以最快速度驱车赶回家中。

当汽车驶进父母位于外环附近的别墅小区，一辆喷有搬家公司标志的大型厢式货车与他的车交错而过，他瞥见驾驶室里黑黑壮壮、嘴叼香烟的司机，他稍一犹豫的工夫，货车已开出小区。

保安从门卫室里探头同他打招呼：“许先生回来监督搬家？搬家公司的车刚刚开走了。”

“搬家车通行门卡是谁写的？”他怀抱一线微弱希望，问。

“我看看。”门卫缩回身，查找片刻，重又探出头来，“是许老先生写的。”

许凌昀心底最后一丝侥幸破灭。

他无心客套，脚下一踩油门，飞驶向自家别墅。

车在别墅门前堪堪停稳，许凌昀跳下车，只见独幢别墅门前的绿地上有深深车辙，母亲开春时种下的一片三色堇刚开了花，遭卡车无情地碾压，与草皮一道陷进泥泞里。

别墅洞开的大门像匍匐着准备择机而噬的巨兽的大口，空虚幽深。

他顾不上心疼花花草草，三步并作两步跑上台阶，冲进屋内。

饶是做好了最坏打算，可是看见别墅门厅内的满地狼藉，他仍不免大吃一惊。门厅正对大门口原本搁着一尊和田玉转运石摆件的红木条案上头空空如也，偌大的玉石摆件已不见踪影，放在条案两侧的两盆兰草被人不知有心还是无意撞落，两个大师亲手制作的宜兴紫砂花盆在劫难逃，摔得粉碎，露出里头的泥土和兰草的根须。后头墙上对挂的两幅字画被人粗鲁地扯下来丢在地上，许是他没告诉过父亲这是国画大师关门弟子的真迹，所以也没人在意，来来回回在上面踩满了脚印。

只一个简单装饰的门厅已教人看得触目惊心，他不敢想象别墅里究竟是何情形，他扬声呼唤：“妈！妈！小朱阿姨！”

他的声音在安静得吓人的室内激起一阵回响，隔了好一会儿，偏厅方向才传来母亲细弱的声音："小昀……"

他转身跑向偏厅，最先映入眼帘的是从来都将自己打扮得整整齐齐、一丝不苟的母亲，这时灰发凌乱，一件珠灰色对襟齐膝丝麻外套被人大力拉扯过，左边袖子撕开好大一个口子，黑色及踝阔腿裤上沾满灰尘，正弯腰从地上捡起几张画有她老年大学国画班习作的宣纸。

在她不远处手里攥着扫帚，机械地来回清扫同一块地方的家政助理小朱阿姨茫然地看向许凌昀，双手手腕刺眼的瘀痕和眼睛里尚未退去的恐惧教许凌昀不忍直视。

"妈……"他轻唤母亲。

母亲闻声站起身来，眼眶微微发红地望向从公司里赶回来的儿子，惊魂未定地哆嗦着嘴唇，什么话都说不出。

许凌昀鼻尖一酸，上前去搀住母亲的一只手臂，另一只手去接她手里被揉搓得皱巴巴的宣纸，不料母亲捏得死死的，他连抽两次都没能从她手中拿过。

"妈，没事了，我扶你到客厅里，这边先交给小朱阿姨。"又转头关照家政助理，"今天家里实在太乱，小朱阿姨先去休息一下，我等会儿过来帮你一起打扫。"

母亲勉强支撑到他赶回来，此时卸去一身力气，整个人瑟瑟发抖，两腿直颤。

他本想扶母亲到客厅坐一会儿，可还没走近客厅，远远就看见客厅里原本放在壁炉台上，由法国带回来的纯手工打磨水晶台灯落在大理石地面上，晶莹剔透碧绿得如同森海的水晶灯罩砸成无数碎片，被从落地窗透进来的阳光一照，反射出刺痛他双眼的光芒。

他不想教母亲再次目睹家中所遭受的破坏，只好一边慢慢地引着母亲上楼，一边转移话题："爸爸呢？"

打他回家，就没看见父亲。他还心存一丝幻想，也许父亲躲在别墅某个不被人注意的角落里。

母亲脚下微顿，随后长叹一声，疲惫地伸手抓住楼梯扶手："你爸昨天下午从棋牌室回来，说几个牌友约他到外地玩几天……他自己收拾了些换洗衣物和日用品，清晨老早就出门了……"

断断续续一句话耗尽了她全身力气，她顺势依着栏杆，在楼梯上坐了下来，用一只手遮住自己的双眼。

他别过头，不忍看要强了大半辈子的母亲在他面前落泪："我上楼去找件衣服给你披上。"

楼上主卧室里的情况比楼下偏厅的情形还糟糕。

卫生间的门让人踹出一个巨大的破洞，整扇镶着贝壳明瓦的栅花门摇摇欲坠地半开半合着。

母亲的衣帽间被人翻得乱七八糟，锦缎旗袍和开司米大衣随意丢在地上，他从意大利给母亲带回来的名牌风衣和几个包则不见踪影。母亲专门用来搁珠宝首饰的大抽屉被一扫而空，连她刚工作时攒钱买的，早已经坏了许多年的一块梅花牌手表都没被放过……

他木然地绕过堆在门口的衣服，走入衣帽间，望向嵌在墙壁里的保险箱。

精钢打造的保险箱的门静静地敞开着，里面原本装着母亲的两套翡翠首饰、钻石胸针、金手镯，还有若干存折、现金和房产证，这时已然空空如也。

他没有勇气再看下去，匆匆自衣架上取下一条真丝围巾，返回楼梯，弯腰替母亲披在肩上，然后缓缓在她身边台阶上坐下。

"妈……到底怎么回事？"他心里隐约知道，只不过是自虐般地，想让自己彻底死心。

母亲伸手拽住丝巾两角，慢慢将自己裹紧，声气总算恢复些许镇定："早晨我在楼上换衣服，打算和小朱出门买菜，忽然听见楼下丁零当啷的响动，没过多久小朱大声喊'你们是什么人？''我要报警了！’，我跑到楼梯口往下看……”

她的手因用力而青筋毕露：“一个又黑又壮的大块头，一把捂住小朱的嘴，又拿绳子把小朱的双手都捆在一起，说什么你爸欠了他们钱不还，他们要拿家里的东西抵债，我想下楼和他们理论，结果大块头看见我，就带着人往楼上冲……”

他握住母亲的一只手，合在自己的手心里。

“我情急之下躲进卫生间，什么都没来得及拿，刚好你爸爸平时用的那部手机扔在纸巾架上，我只来得及打给你，才说了两句话的工夫，大块头就把门踢破，开了门进来，抢走我的手机扔进马桶里……”

“您没受伤吧？”

母亲摇摇头：“他们大概看我是老太婆，倒没对我动手，只把我赶到楼下，和小朱一道，不让我走动。趁他们在房间里到处搜刮东西的时候，小朱悄悄对我说，他们是拿着钥匙开门进来的，对房子的格局很熟悉。”

许凌昀闭一闭眼睛。

父亲一清早出门去外地玩几天，没有带走日常使用的手机，却提前填写通行门卡，交出家中钥匙，甚至连保险箱的密码也一并告诉了对方——楼上的保险箱并无外力暴力开启的痕迹，因连接着别墅区保安中心，如遭到外力敲击撬启，会向保安中心发出警报，保安会在五分钟之内赶到——给对方大开方便之门。

他看一眼身旁母亲头顶灰白的发心，忍下说出心中猜测的冲动，双手揽住她的肩膀，将她从楼梯扶起来：“地板上冷，妈你先上楼去歇一歇，然后收拾一点衣服，我送你去小阿姨家住几天。”

母亲自是不肯：“哪里好去给她添麻烦，我不去。”

“那……有空的话，您列一张单子出来，看看家里少了哪些贵重物品，我找保险公司来定损。”他只想给母亲找些事做，分散她的注意力。

母亲却忽然松开一直紧紧拽住丝巾的手，轻轻拍一拍他的手背，努力露出一丝微笑："你放心，我没事。妈妈什么大风大浪没见过？这点事难不倒我。"

许凌昀将母亲送回楼上主卧室，再次返回楼下偏厅。

家政助理小朱阿姨已将散落在地上的纸张都收捡起来，堆在一靠窗的书画桌上。砸碎了的一方上好老坑洮河砚和着半干未干的墨汁，躺在书画桌的桌脚下，在青石地板上留下一片墨色痕迹。

听见他走进偏厅的脚步声，小朱阿姨抬起眼来，将扫帚捏在手里，用另一只手的掌根揉揉眼睛，带着点哭腔："许先生，今天的活干完，我明天就走……你再找个助理来陪冯阿姨吧。"

他有意挽留，可瞥见小朱阿姨手腕上紫红色的深深瘀痕，到底也没法开这个口。末了点点头："对不起，让你受惊了。"

小朱阿姨转过头去，肩膀轻轻颤抖。

小朱阿姨倒垃圾去了，他扶住书画案的边缘歇一口气，这才发觉汗透衣衫，在胸前和腋下渗出两团汗渍，狼狈不堪。瞥见案前窗台上搁着一只在一片混乱中竟然没受一点波及的甜白釉茶盏，他探身伸手一把取过来，揭开盖子，也顾不得那么多，一仰头灌下肚。

回过味来，他才意识到那是母亲用来降压喝的苦丁茶，喉口间一片苦涩，凉冷的茶水入胃，使人遍体生寒。

他无暇喘息，董秘书的电话已追了来，义愤填膺："老板！锐琦方面表示他们拿不出货给我们，宁可付违约金……"

这已是明晃晃地耍无赖。

"能在其他供货商那里先调到货吗？"许凌昀放下茶盏，疲惫地捏捏眉心。

"几家和我们比较熟的供货商我都联系过，好话说尽，全都说最近货源紧张，没有多余的原料。”董秘书声音里透出深深的无力感，“桐飞的小王有意无意地透露，现在只有鸿业能拿到货……”

“鸿业啊……”他轻念这个名字，“我知道了，原材料的事我来处理。”

“老板……”听筒那头的董秘书欲言又止，“公司固然要紧，可你不能只盯着公司，也要适当关心一下秦小姐……”

董秘书匆匆挂断电话，倒像是怕他追问似的。

许凌昀一愣。

女朋友秦恩琦因他最近忙于解决供货商迟迟不肯供应原料的事疏于对她的陪伴，一气之下往欧洲旅行去了。

他做不出扔下公司几十名员工的生计不管不顾，跳上飞机去国外哄女朋友开心的事来。他试着给她打电话，解释公司目前的困境，也尝试远隔重洋订玫瑰花送到她入住的酒店去博伊人一笑。

可惜凡此种种，并不能令女友消气。

此时此刻，家里死一般静寂，一点人声也无，他身心俱疲，忽然迫切渴望看见女朋友的笑颜。算一算时差，恩琦那边现在还是半夜，他没有打电话，默默点开社交软件。

秦恩琦的朋友圈，一如她本人，充满精致的浪漫气息，甜美中带着一丝狡黠。林荫大道、幽静小巷、牛津高街……她在镜头里只留下一抹纤柔的背影，却教人无法忽视她的存在。

他忍不住泛起一丝笑意，可是这笑来得如此短暂，在他看见恩琦同另一个年轻男子头靠着头，肩并着肩，两人一道直面镜头，眼睛里闪烁着快乐光芒的照片时，凝结在他的嘴角。

照片里的恩琦笑得那么美，那么恣意，像个被所有人宠爱着的孩子，任性张扬得无忧无虑。

配着简单的、肆无忌惮的三个字：在一起。

他有一瞬间的茫然，似置身平行空间，仿佛一切都与他不相干，随后时空崩溃缩塌，压迫得他无法呼吸。过去温存旖旎的时光如浮光掠影，缓缓而来，每一个曾经美好的片段，都慢慢被一只无形的手撕扯成碎片，弃如敝屣。

他喉头火辣、干涸，如一条离水的鱼，世界在他眼前，一寸寸，荒芜成废墟。

第十二章

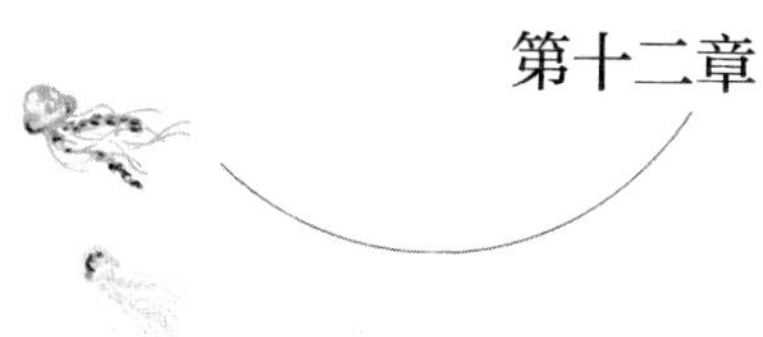

几片银杏树叶，被拂过的江风轻轻自枝头带落，晃晃悠悠，在空中旋转飘摇，其中一片擦着许凌昀的睫毛落下，掉在他的手背上。

落叶轻若无物，却将他从迢遥阴霾的回忆中猛然扯离，现实的阳光细碎斑驳地映入眼帘，驱走似要将他吞噬的无边晦暗。

许凌昀拈起金黄色如同一柄小扇的银杏叶，转头望向一直坐在他身边的远兮。

她面朝浦江，两条又长又直的腿肆无忌惮地伸展在阳光里，双臂搭在长椅椅背上，被风吹得有些毛糙的短发笼着一层金色光晕，一片树叶落在她的发顶，她毫无所觉，闲适得像个野孩子。

许凌昀倏忽微笑。

那些痛苦难堪的回忆，漫长得恍如一生一世，可其实也不过是一眨眼。那些他背负着的、原以为放不下的沉重陈旧包袱，放开手，好像也并不难。

或许，是因为身边这个看似大咧咧，却又心细如发的她。

“曲鸿程，是我大学死党，毕业后又一同创业。”许凌昀突然不再介意提起往事，“后来我俩在经营理念上产生不可弥合的分歧，不欢而散。他开出优渥薪资福利，带走一批技术骨干，另起炉灶，成立鸿业。”

他学远兮的样子，双臂搭在椅背上，伸长双腿：“我技不如人，竞争不过鸿业，创业失败。恩琦……”

许凌昀微顿，自嘲轻笑：“恩琦是我的前女友。我们从大学就开始交往，可毕业创业，忙起来脚打后脑勺，连饭都没空吃，以致疏于对她的陪伴，最终一段感情无疾而终。”

其实研发测试全都由他负责，曲鸿程专司洽谈业务、招徕客户，最初合作确实亲密无间，但有时友情抵不过金钱与爱情。曲鸿程既觉得公司的客源都是他谈下来的，又偏偏爱上了恩琦。

所以他的友谊、事业、爱情，在同一天，分崩离析。

“我欠着上游客户原材料款，得不到原料，又交不出下游客户的订单，拿不到货款……”资金链断裂，公司难以继续维系，“虽然后来砸锅卖铁还了钱，交上违约金，但在业内名声已坏，‘荣登’行业黑名单。”

所以当同学愿意以一元的价格将大片闲置农田出租给他时，他就像溺水者抓住救命稻草一样，紧紧地抓住这个机会，又憋着一股子“我一定要活得好好的，干出一番新事业来”的劲头，一心一意埋头务农，不教自己有一丝一毫空闲喘息胡思乱想的时间。

远兮回首，迎上许凌昀的视线。

他长期在田间劳作晒成小麦色的皮肤在阳光下染着一层健康的金光，眉目舒朗，有种不自觉的英俊，一双眼里映出她的身影。

“人生有时候，并不是只有‘退一步海阔天空’这个选项。如果我愿意服软，到台长跟前道个歉、撒个娇，也许不用走到下岗这一步。”对着他，远兮突然有一吐为快的冲动，将那些不想让父母知道令他们担心的事，通通倾诉给他听，“连主任都劝我不要跟自己的前途过不去。可是……”

远兮眼里有倔强的光：“今次为前途放下尊严，下次呢？总有一次，我服不了这个软。然后呢？再受打压，再卑躬屈膝？”

她不怕吃苦，她只是不愿意去推杯换盏。

大胡子丢给她的工作，在建筑工地灰头土脸监督工程进度也好，疾言厉色去将打成一团的选手撕掳开也罢，她都能胜任。

“也许伏低做小、谄媚奉承，多大的事都不是事了。”远兮轻笑，“但家母说得对，我的脾气，似足家父，就是这么犟头倔脑！不讨喜！”

许凌昀注视着她，再也忍不住，伸手轻轻取下落在她头顶的银杏叶，执于指尖。

他与曲鸿程之间，何尝不是如此？

他安于研发产品、注重生产品质，他长袖善舞、追求利润最大化。他的坚持，在曲鸿程看来不过是顽固死板的不合时宜。

远兮慢慢收回伸展的长腿，坐正身体：“尼采说……”

“凡不能毁灭我的，必使我强大。”许凌昀微笑，有种心有灵犀的喜悦。

远兮抛给他一个“你懂我”的眼神，站起身，影子投在他身上：“你刚才吃饱了吗？”

“没有。”许凌昀老实承认。

私人会所的菜做得的确精致，摆盘精美，味道颇不错，奈何量太少，一人一筷，一盘菜便见了底。对他这种干惯农活，一顿能吃三两饭还嫌不够的农夫来说，实在填不饱肚子。

“下午有其他安排吗？”阳光从她背后洒来，她眉眼蕴笑。

“没有。”他内心隐隐期待。

“走，带你去吃好吃的！”远兮声音里充满活力。

远兮领许凌昀到城中心一处老式保留建筑小区。

小区是老旧弄堂里典型的石库门建筑，原本市政规划要将小区整体拆除，在原地建造同周边高楼风格统一的商务楼宇。但随着周遭老建筑逐步拆除，浦江文物管理部门、文物建筑修复专家和有识之士，对老建筑的保护利用有了更新认识，最终决定留存一部分石库门建筑。

这条弄堂里的居民，大部分已搬离昏暗逼仄的老房子，留下部分居民，将整幢石库门内部装修一新，成为颇受欢迎的民宿，专事接待对老浦江风情充满向往的中外游客。

四时小馆就隐在这闹市中的老房子里。

远兮与许凌昀通过光线幽微的门道，走进馆子里时，只容得下八张餐桌的店面里头已有三桌食客用餐，还有两桌客人正一边嗑瓜子，一边悠闲地等着上菜，空气中飘散着浓郁肉香。

精干的老板娘坐在账台后头，见食客进门，忙站起身来，一见两人，露出热情微笑。

“兮兮带朋友来吃饭啊？快快，里面坐！”老板娘将两人领至店内一张八仙桌前，一把按下远兮，乐呵呵地招呼许凌昀，“坐！”

她一弯腰从八仙桌一侧一格抽屉里取出两份菜单，交给两人：“兮兮真是太会挑时间，今年的羊肉季今朝是第一天，刚从崇明进的最好的白山羊。”又对远兮说，“你随便点，你贺叔叔请客！”

“那怎么好意思！”远兮连连摆手。

“有什么不好意的！听我的！”老板娘霸气地一挥手，转进茶水间，沏一壶热茶，又倒一碟五香瓜子，一并放在八仙桌上，“先吃点瓜子。”

说完急匆匆进后厨去了。

远兮失笑。

“刚才那是贺婶婶，老板兼掌厨的是贺叔叔。”远兮环顾四时小馆内多年未变的装饰，“贺叔和我爸是一起参军的老战友。退伍以后，我爸被安排进街道办事处，贺叔则进了国营饭店。”

后来国营饭店改制，新入股的投资人带来自己的一整套班子，原来后厨灶上的厨师就齐齐下了岗，不得不自谋出路。

“贺叔这家四时小馆一开就开了二十年。”远兮感叹，“我小时候，爷爷奶奶、外公外婆都住在这附近。当时街道里分了一间不到二十平方米的楼梯间给家父，潮湿逼仄。家母周末要去给几个特殊孩子补课，家父有时就带我到贺叔这里吃饭，春天吃草头饼、腌笃鲜；夏天有冷面、冷馄饨；秋天最开心，有羊杂汤和红烧羊肉面供应……吃完饭，家父又怕我胖，督着我跑步打拳。”

是一段无忧无虑的难忘时光。

“我小时候，住工人新村两万户，一层楼七户人家，煤卫共用，王家好婆烧红烧肉、李家爷叔炸小黄鱼……家家户户烧菜时的香味飘得满楼都是。家父家母要上班，回家晚，每次幼儿园放学，都是隔壁七室的王家好婆去菜场买菜，顺便把我也接回家。他们家开饭早，我经常在他们家吃两筷肉、一碗酒酿小圆子什么的。等到父母下班把我从七室领回家，我基本已经吃得半饱了。”许凌昀和远兮分享彼此的童年回忆。

“王阿姨家？”远兮猜问。

“对，就是王阿姨。”他点点头。

所以母亲与王佩宁聚餐，让他作陪，他嘴上说“不要”，人还是老老实实地到场。他一直记得和蔼可亲的王家好婆对他的好。

“远亲不如近邻，有这么友好的邻居，是人生幸事。”远兮朝他举一举茶杯，“当浮一大白。”

两人说话的工夫，老板娘端着一个大托盘自后厨出来上菜，给远兮和许凌昀先上了一个鸳鸯碟凉菜。

“我记得兮兮不吃辣，这是一半辣、一半不辣的拌羊杂。”老板娘放下小小调味碟，“这是老贺自己调的秘制蘸料，你们试试。”

圆白小碟里盛着浅褐色料汁，上头撒着白芝麻、花生碎与香葱末，看着并无特殊之处，许凌昀搛一片羊心，往蘸料中一浸一翻，再送到嘴里，滑嫩的羊心包裹着咸鲜微甜的蘸水，带着芝麻、花生同香菜末，在味蕾上形成奇妙化学反应，越嚼越香，教人欲罢不能。

“好吃吧？”看着两个年轻人顾不上说话，两腮鼓鼓，老板娘露出慈母般的微笑，“你们慢慢吃，后头还有更好吃的！”

“老板娘不能厚此薄彼，我们也要更好吃的！”邻桌几个金发碧眼的外国食客中有人以流利的中文抗议。

老板娘看一眼邻桌啃得干干净净的一盘羊棒骨，笑着应声：“你们如果还吃得下，也给你们上一份！”

等她为其他两桌各送上一盘爆炒羊肝，那炝锅的香味从掀开后厨的门帘开始，一路蔓延开来。

贺叔做羊肝并不先拿去焯水，而是冲洗干净，切成厚片，与碧绿的青蒜一道猛火热油爆炒，炒出来的羊肝，既滑且嫩，没有干呼呼的口感，青蒜的辛辣素遇见油脂，经热力催逼，悉数释放出来，化解羊肝的腥膻，只余独特香气。羊肝的滑嫩与青蒜的爽脆两相融合，齿颊留香。

两人直吃得头上冒汗，靠在椅子里胃部微凸才肯罢手，临走之前，老板娘还给他们一人打包了一大罐红烧羊肉带回去，不忘殷殷叮嘱远兮：“有时间叫你爸和陶老师一起来吃饭！”

远兮与许凌昀并肩走出四时小馆。

“我回农场，你接下来去哪儿？我送你。”许凌昀拎着装有打包盒的纸袋，问远兮。

“我们方向相反，你不用专程送我。”远兮笑起来。

“好。”许凌昀也不坚持，“等你回农场，我请你尝尝厨师新琢磨的坑烤乳猪。”

两人在和煦的午后阳光中道别，各自返家。

远兮在小区楼下小花园里遇见管阿姨祖孙俩。

小女孩坐在秋千上吃冰激凌，两条小胖腿前后晃悠，看起来心满意足。

管阿姨与人聊天正聊得起劲，远远瞥见远兮，连连朝她挥手，喉咙响亮得远兮自愧弗如。

“远兮！远兮！来来来！”

远兮慢悠悠走过去，先摸了摸囡囡的发顶，这才笑问管阿姨：“在晒太阳啊？”

管阿姨才不同她客套，直奔主题：“远兮，我同你提起过的那个海归，对你的条件特别满意，说想和你见一面。”

远兮骇笑：“管阿姨，我实在没打算相亲……”

“什么相亲不相亲的？你们年轻人，见个面吃顿饭交个朋友而已！”管阿姨三度遭拒，觉得有失脸面，语气变得生硬，“他不介意你在娱乐圈工作……”

远兮深觉莫名其妙。

胖囡囡从秋千上跳下来，拿手在上衣两侧蹭一蹭：“阿娘，我手脏了，我先回去洗手！”

小胖妞蹦到远兮跟前：“姐姐我们一起上楼吧！”

远兮捏捏胖妞的脸：“走吧！”

身后传来管阿姨的大嗓门：“被单位辞退的人有什么好神气的？在网上红了能当饭吃？”

待走进电梯，胖囡囡长出一口气：“姐姐，你别理我阿娘，我妈妈说她总好心办坏事。”

远兮看一眼小姑娘脸上那早熟的惆怅颜色，郑重点头：“放心，姐姐不怪她。”

回到家中，远兮进门脱鞋，郁侑庭闻声自厨房出来：“聚会这么早结束？你妈没同你一起回来？”

“妈妈和王阿姨她们去逛马路，我到四时小馆吃了羊肉。喏，这是贺叔、贺婶让我带回来的红烧羊肉。”远兮举一举手中的纸袋。

“正好给今晚加个菜！”郁侑庭接过纸袋。

远兮洗手换衣服进厨房帮父亲择菜。

父女二人对坐在厨房长流理台两侧，一捆细叶韭菜放在淘箩里。

“等一歇与剁好的炒蛋、开洋豆腐干一起和馅，晚上做韭菜盒子，好不好？”郁侑庭征求女儿意见。

“您别累着，搁热油爆香，炒一碗韭菜鸡蛋酱，做打卤面，方便好吃。”远兮以前好奇，帮父亲打下手，做过几次韭菜盒子。从择韭菜炒鸡蛋、剁馅拌馅到发面包韭菜盒子，最后韭菜盒子出锅，整个流程下来，起码站足两小时。

郁侑庭笑起来：“这点功夫还累不着我。”

两父女择完韭菜，分工协作，郁侑庭揉面擀皮，远兮拌馅包韭菜盒子，一小时不到，流理台上已整整齐齐摆放着包好的柳叶型韭菜盒子，只等二次醒发后入锅。

郁侑庭解下围裙，洗干净手上面粉，转头与女儿商量：“拳房的老蔡托我问你，可有时间，帮学员们录制几段教学视频。”

新岸拳房原本只是家名不见经传的社区健身场馆，附近社区喜欢武术的居民毕竟只是少数，大多体育锻炼爱好者更中意慢跑、羽毛球甚或广场舞这样不受场地限制的运动项目。借远兮示范女子防身术视频在网络上意外走红的东风，近期有不少新学员慕名而来，纷纷报名，但学习防身术不是一朝一夕之功，学员经教练指导只是入门，还需要经常练习，才能达到学习效果。有些学员悟性差些，一周上一次课，下次再来，上一堂的内容已忘得七七八八。

“老蔡说不能让你做白工，劳务费是全蟹宴一席。”

远兮闻言失笑：“蔡伯伯这趟出血出了结棍了！您问问他，几时拳房比较空闲，我去找他。”

拳房的蔡师傅同她父亲一样是退伍军人，在居委会分管社会闲杂人员事务，见过不少中学毕业赋闲在家，招猫逗狗、抽烟喝酒混游戏厅的中二青少年。有一回两帮人为争抢在街机厅蹲底资格引发斗殴，惊动街道派出所。作为居委会干部，蔡师傅与派出所民警一起赶到由地下防空洞改建的街机游戏厅，将一群打得难解难分的小混混分开。

蔡师傅当时气得面皮发紫，指着乌烟瘴气的街机厅内的众人，喝问：“打群架算什么本事？有本事，一对一，堂堂正正在拳台上打！”

后来他真将社区里一处废弃闲置泵站清理出来，作为拳房，又把参与斗殴的小青年们一个个揪到拳房中，指着当间孤零零一块拳台：“你们不是爱打架？好！给你们机会，一对一上去打！谁也别想跑！”

一帮无所事事的小年轻，有斗殴时混在人群中暗暗打冷拳的胆量，但真教他们光明正大面对面痛痛快快打一场，大多数人当即安静如鸡，恨不得原地消失。

蔡师傅气到笑，所以这些家伙是力气多得没地方用？他从拳房角落里拿出扫帚拖把、抹布水桶，往小年轻们跟前一放：“来来来，别客气，人手一件，把拳房里外打扫到窗明几净。工具不够尽管开口，我还有很多。”

一群小伙子，登高伏低，擦窗拖地，中间蔡师傅出门买回来快餐店全家桶若干，吃完继续干活。一天下来，拳房连犄角旮旯都不见一星灰尘。

“明天都来给拳房贴墙纸，一个都不能少！”蔡师傅对腰酸背痛蹒跚离去的青年们喊。

蔡师傅就这样自掏腰包，一天天将拳房建了起来。最初那批小混混，在居委会和蔡师傅的帮助下，悉数改邪归正。他们之中有人向蔡师傅学习，光荣参军；有人重回校园，掌握技术，如今已是汽修连锁店老板；有人成为健身教练，曾在危难时刻见义勇为，接受表彰。

新岸拳房对许多人来说，不仅仅是一处健身场馆，更是人生掀开新篇章的地方。

所以别说是一顿全蟹宴为酬，蔡师傅开了口，便是分文不取，远兮也绝不推辞。

傍晚时陶穆拎着大包小包进门，郁侑庭一边上前去接过妻子手中的购物袋，一边调侃：“果然姐妹聚会到最后一定变成买买买！”

陶穆甩甩手臂：“累过上一天课！小王真是战斗力超群！”

郁侑庭探看购物袋内容：“鞋……包……羽绒服？”

“小王她们和我约好，过段时间去往富士山下泡温泉看雪景。”

“不带家属？”郁侑庭笑问。

“不带！”陶穆双手获得解放，长舒一口气。

“那带不带女儿？”远兮端着煎得金黄的韭菜盒子从厨房出来，闻言凑趣道。

“也不带！”陶穆笑眯眯。

“妈妈嫌弃我，我要去自闭。”

“去吧去吧！一桌好饭好菜，就全归我和你爸！”

陶穆见女儿神色如常，猜测后来她与小冯的儿子之间，相处尚算愉快，便放下那点隐隐的担心。

年轻人的事，家长有时候要难得糊涂，学会不刨根问底。

许凌昀开锁进门，将打包带回来的红烧羊肉倒入小砂锅内，大锅烧一锅开水，砂锅隔水以文火慢焐。趁母亲冯宪珍还没到家，他自厨房果蔬保鲜柜里取出一把农场早晨送来的水芹菜，坐在古朴的原木八仙桌前，剪掉根须，逐根掐去老叶，留下顶上嫩芽。

胸臆中翻覆汹涌的情绪，在枯燥机械的动作中一点点平息。

等母亲进门，他已择完水芹，切妥五香豆腐干，正在剥虾仁。

冯宪珍跨过门槛，走进客堂，一眼看见坐在厨房剥虾仁的儿子。她放下手中购物袋，走向厨房，小心翼翼唤一声："小昀……"

许凌昀闻声抬头望一眼穿蓝丝绒旗袍搭灰蓝色大披肩的母亲，微微一笑："回来了？您先上楼换衣服，有什么事稍后再聊。"

冯宪珍见儿子神色平和，点点头，回到房间，脱下旗袍，换回居家服。她在床沿静坐良久，这才起身下楼。

"小昀，你把手上的活放一放，妈妈有话对你说。"她朝从橱柜往外拿淀粉，打算给虾仁上浆的儿子招招手。

许凌昀停下手中动作，走到母亲跟前。

冯宪珍仰头："中午的时候……"

"妈，我没事。"许凌昀轻笑。

最苦最难的一段都熬过来了，还有什么不能面对？

他现在工作生活一切安稳，目前最大苦恼是农场里参加节目录制的女孩子们能否将粉碎的秸秆树枝压缩妥当，并成功推销出去。

至于中午与故人偶遇……许凌昀自认不是圣人，做不到"有人打你的右脸，连左脸也转过来由他打；有人想要告你，要拿你的里衣，连外衣也由他拿；有人强逼你走一里路，你就同他走二里……要爱你的仇敌，为那逼迫你们的祷告”这种以德报怨的事来。

他没仇人见面分外眼红，扑上去对曲鸿程报以老拳，是他最大的自我克制。

冯宪珍强忍眼泪，伸手轻触儿子肩膀：“小昀，妈妈对不起你。”

“妈，这同你有什么相干？”许凌昀诧异。

是他自己识人不明，与人无尤。

冯宪珍满腹懊悔：“你爸年轻时，也曾上进，贴心顾家。如果不是后来单位效益不佳，一批员工下岗回家，他也不会……”

她倏忽哑然。

也不会怎样？

不会因为蓦地失去为之奋斗二十余年的工作，一朝下岗，人生失去目标？还是不会沉迷赌博，欠下巨额赌债，把儿子辛辛苦苦创业攒下的家当悉数输得精光？！

“是我的错，总念着他对我、对你的好，为他找借口，对他能戒除赌瘾抱有不切实际的期望，结果最后害了你。”她自责不已，“不管他如今人在哪里，是否已经改过自新，我和你爸的婚姻早已名存实亡，没必要再维系下去。”

在许兆良第一次拿两人共有的存款去还赌债被她发现时，她就应该狠下心来同他离婚。可彼时他痛哭流涕，不停扇自己耳光，再三赌咒发誓，保证不会再犯。恰逢儿子中考前夕，她担心影响儿子考试正常发挥，一时心软，原谅了许兆良。

其实，这种事，有一就有再，哪里戒得掉？

“妈……”许凌昀咽下一声轻喟。

“我明天就去申请离婚。”冯宪珍声音低沉，眼神坚定，“他提走夫妻共同存款，离家五年，在我们最艰难的日子里音信全无。我担心等节目播出，他在哪个犄角旮旯看见你现在日子又过得好了，如附骨之疽，阴魂不散，重回你的生活。”

许兆良已经毁了儿子的人生一次，她不能教他再毁第二次。

“我已成年，您不用再顾虑我的感受。”许凌昀垂睫望着母亲头顶花白的发丝，“我支持您的决定。”

冯宪珍如释重负，推一推儿子：“你忙了很久吧？剩下的交给我，你只管等开饭就好。”

至于申请离婚事宜，她仍保存着当年许兆良在外欠下赌债时写下的厚厚一沓欠条，如果这都不足以作为申请单方面离婚的条件，她还有五年前许兆良串通讨债公司全家中强行抢走家中财物的小区监控录像，以及他事先提走两百万存款的银行流水凭证。

那两百万，原本是留着给儿子结婚用的，只是到底也没能用上。

冯宪珍暗暗为自己打气，为了儿子现在安静平和的生活和他将来的幸福，有些事情，不能一拖再拖了。

第十三章

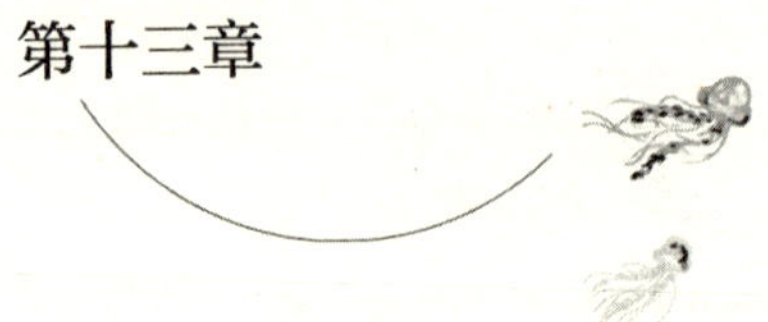

迅鹰国际大厦三十楼一间宽敞且隔音效果卓绝的多媒体放映室的遮光窗帘拉得严严实实，阶梯座椅上已密密麻麻坐了不少人。

大胡子李厚时与节目制作总监吕承州并排坐着，两人时不时低声交谈，表情略显凝重。笑面佛似的赵洋正扭头同坐在他左侧的赵亭亭寒暄。导演组、策划组、后期组和服化道负责人悉数列席，广告部、宣传部也有代表到场。

当会议室原本明亮的光线切换成适合观看投屏的亮度时，内室隐隐约约的交谈声渐次消失。所有人的目光，集中到屏幕上。

身为助理，远兮坐在大胡子身后。

这并非远兮第一次参加内部看片会，却是她第一次以全新的身份和视角观看粗剪的节目。

片头以一只素净纤丽的手打开一个竹篮开始，竹篮盖子被掀开的一刹那，五彩缤纷的水果蔬菜鸡鸭鱼虾自里头迸出，随着欢快的音乐，蔬果鱼虾转瞬变成五个绿色花体字：成长吧，厨娘！

后期特效显然下了苦工，每个花体字都仿佛正在努力生长的树苗，标点则辅以趣味卡通女孩形象，整体看起来清新可爱且充满朝气。

简洁明了的片头结束，镜头随之一转：雨后翠绿竹叶上将落未落的水珠、一望无边的金色稻田、结在枝头沉甸甸的果实，忽然有重型机车低沉的引擎声由远而进，接着一道劲瘦颀长的身影出现在屏幕上，向一扇门走去。

这道身影周围飘浮着后期添加上去的数个问号，一旁还有“选手”“主持人”“工作人员”的字样。

远兮一眼认出自己的背影，正是她向大胡子报到时的打扮。

坐在前排的大胡子似有所觉，微微转过头来，朝远兮咧嘴一笑，露出一口白牙，像一只志得意满的狡猾狐狸。

远兮只能回以微笑。

果然大胡子不会放过任何一个提升节目关注度的热点。

镜头再次切换，狭窄幽深的老弄堂，吴侬软语，陋室明娟，一双瞪得圆溜溜的大眼，兴奋地捂嘴发出土拨鼠尖叫：

“啊啊啊啊啊啊啊啊！哔——我不是在做梦吧？”

远兮啼笑皆非地睇一眼大胡子的后脑勺，这都要消音制造悬念？

短短四十五分钟，从视频海选到场地搭建等前期准备工作；从选手组成到热身赛花絮，再到第一集评委、主持人、飞行嘉宾预告；从穿着华丽的美少女选手们在充满后现代感的厨房里忙得无暇顾及自己的姿态美不美，到狼狈地被鸡追着在鸡舍里抱头鼠窜，粗剪先导集里充满田野的蓬勃生机和年轻人的活力朝气，让人笑，也让人感动。

先导集播放完毕，紧接着播放若干正式淘汰赛的录制片段。

“两位赵老师，请一定不要吝啬，多提宝贵意见。”大胡子待放映厅的灯光再度亮起，观众们的掌声渐消，对赵洋和赵亭亭说道。

赵洋拍拍自己微微凸出的肚腩，笑嚎着问：“老李，有没有什么后期滤镜，能让我身材显得苗条些？”

大胡子假意摸摸下巴：“网红主播滤镜，赵老师要不要试试？”

赵洋闻言大笑：“算了，网红滤镜还是留给年轻人吧！”

“看到选手们在厨房里为一道菜忘我忙碌，忽然很怀念以前在演播室里与节目嘉宾一同下厨的时光。”赵亭亭感叹，“李老师，您的节目是否需要组织演艺明星嘉宾与选手之间来一场对抗赛？如果有，请一定算我一个！”

大胡子拊掌：“求之不得！”

远兮感受到与前辈之间的差距。

赵亭亭已然自主持人身份转型，看片会结束，她透过几十分钟片段，对节目前景有更长远的预见性，考虑的是如何让内容更吸引观众，而远兮的观感却还停留在“大胡子不放过任何一个蹭热度的机会”这样浅薄的认识上。

看片会结束，两位赵老师婉拒吕承州做东宴请的好意，齐齐告辞。

大胡子领节目组众人在会议室吃盒饭，一边就粗剪先导集观看下来的反馈开创作修改会。

会议结束，一干人三三两两乘电梯下楼准备返回农场，继续节目拍摄，大胡子叫住远兮。

“小郁今天比平时沉默得多啊。”他慧眼如炬。

远兮想一想，老老实实承认：“我远不及前辈。”

“差在哪里？”大胡子笑问。

差在——远兮直视大胡子双眼:“总以冷静自诩,过于抽离自我。”

大胡子飞给她一个“孺子可教也”的嘉许眼神。

“下午找后期将宣传物料确定下来，晚上把官宣发了吧。”他摆摆手，“不用再来请示我。”

远兮在地下车库与大胡子道别，骑摩托车返回农场。

空气里有种乡村农闲时特有的懒散气息，初来那日满目金黄的稻田，此时已全部收割，排水沟内的水悉数排空，秸秆粉碎还田，秋翻整地完毕，远远望去一片肥沃的黑褐色。

隔着农场主干道，对面桃林、葡萄林进入秋冬修冠整形期，以确保明年果树的梢间光照，增加中、短果枝比例，减少徒长枝和二次枝生发，因而成片果林看起来显得光秃秃的。林间几只公鸡昂首阔步、神气活现地带着一群母鸡在树下觅食，听见响动，停下来张望，随后又若无其事地左顾右盼。

远兮将摩托车停在食堂门口的空地上，路过小水池，蹲下身来，逗了逗趴在水池前晒太阳的三花小猫。

两只猫在农场里自在来去，还有胖阿姨和大厨经常投喂，养得油光水滑，见了人不怕不躲，抬起金色猫眼看了看远兮，又懒洋洋地将下巴伏在两只前爪上，尾巴慢悠悠地来回摇晃，很有睥睨众生的王者风范。

远兮撸猫撸得心满意足，站起身走进食堂，见门内左右一字排开两行摄像机，脚步一顿，想起上周五淘汰赛后最新挑战环节的惩罚任务，正是未完成挑战的选手到食堂为所有农场员工和参赛选手制作午餐。

农场员工已陆续前来，只是看起来用餐仍遥遥无期，有不少人不得不拿出手机打发时间，还有人索性枕着手臂闭目养神，气氛有些尴尬。

干净玻璃窗后的明厨里，大厨陆师傅面色不佳，又囿于节目要求不能上前亲自动手，只能强忍住夺过锅铲的冲动：“转小火！要焦了！大锅猛灶和家庭小灶不是一回事！”

安萍萍涨红了脸，试图握住把手移开铁锅。

“当心烫手！”远兮高声提醒。她隔得虽远，却看得真真切切。

安萍萍一手按在滚烫的锅把上，接着惊叫一声，甩开手。

陆师傅再管不了那么多，一个箭步冲上去，抓住她的手腕，一把薅到水龙头前，将她的手放在凉水下冲洗，可安萍萍的手还是以肉眼可见的速度起了水泡。

变故发生在一秒之间，导演先是一愣，随即大声召唤医疗保障人员：“快进去看看！”

医生冲进厨房，自陆师傅手里接过安萍萍的手。

女孩子的手心被烫得通红，几处透明的水泡触目惊心。医生打开急救箱，消毒针具，挑破水泡，拿棉签轻轻按压水泡周边，吸干排出的液体后，抹上一层薄薄的烫伤膏，最后用纱布包扎手掌，叮嘱她：“最近几天伤口不要碰水，按时换药。”

“你还能继续比赛吗？”导演等医务人员处理完毕后，低声询问。

安萍萍露出一丝坚强微笑，摇一摇扎得粽子似的左手：“只是一点小烫伤，我还能坚持。”

导演不意她竟不退缩，点点头：“有任何不适，一定要及时告诉节目组，不要强撑。”

接受惩罚任务的其他选手纷纷以行动安抚她。

“萍萍你先在旁边休息一下，这里交给我们。”乔笑绵将蒸好的米饭从蒸箱中取出，隔着防烫手套抓住蒸盘，把整盘米饭移至取餐窗口前的保温格内。

骆佳馨自动自觉补上安萍萍的空位，取过抹布盖住热烫把手，上身微微向后，一施手劲，颠动铁锅，锅铲顺势在锅内滑炒，最后依次加入调味料，动作一气呵成，毫不拖泥带水。

就连一向遇事未语泪先流的施西，都咬紧牙关，以一己之力搬动盛汤的不锈钢桶，一步步往前蹭。

同她早有龃龉的乔楚从她背后赶上来，夺过不锈钢汤桶的另一个环手，与施西协力将汤桶朝前搬，嘴里不太甘心地嘟囔：“大姐拜托你不要再添乱！这么重的汤桶，万一打翻不是闹着玩的！”

施西嘴唇微颤，眼睛里迅速蕴满眼泪。

乔楚瞪眼：“想哭给我憋着！”

施西咬住嘴唇，微微低下头，看着脚下地砖。

厨房里发生的这一幕幕被摄像机忠实记录下来。

安萍萍的手经过简单处置包扎后，她又重新回到任务当中。组员们将窗口分餐员工作留给她。她一张脸微白，全神贯注为前来取餐的人盛菜舀汤。

远兮微笑，悄悄在长桌远端找个位子落座。

短短十天时间，经历三次比赛，两次淘汰，这些女孩子，以肉眼可见的速度，成长起来。

午后，整个农场一片安静，有秋风挟裹着冷空气掠过收获之后空阔的田地，带来一股雨意。

远兮在员工活动室里找到后期剪辑：“老师，能否将上午惩罚任务拍到的内容，剪出来一部分加入花絮？”

后期导演戴黑框眼镜，看起来不修边幅，一副书呆子模样，实则是业内有名大手，本职工作之外，在同人视频领域备受推崇。

听见远兮要求，他往转椅椅背上一靠，脚尖点地，手臂搭在电脑桌上，身体朝向远兮：“想怎么剪？成百上千小时的素材，今天你心血来潮，要这么剪，明天他一拍脑袋，要那么剪，我们后期听谁的？我们不是刀枪不入不死铁金刚！”

他声音不高，但语气不佳，一旁动作剪接师与美术助理纷纷埋下头去，只当没注意到两人之间的对话。

远兮一怔。

她得大胡子授意，开通节目官方社交账号，官宣同时放出第一批节目物料，原以为各环节内部已经沟通过，不料在后期这里碰了一鼻子灰。

后期导演伸手环指休息室内摆放着的众多电脑：“你知道整个农场安装多少机位？有多少小时的视频和音频素材等待合版、粗剪，然后精剪？你知道我们为什么放弃市区工作室直接在节目录制现场就地剪辑？你知道我们需要多少人不眠不休才可在一周内完成初剪任务？！”

活动室内一时静得能听见空气中分子无规则运动碰撞的声音。

远兮面皮一点点涨红，要深吸一口气才能教自己冷静下来：“抱歉，是我想当然了。那可否将上午拍摄的素材拷贝一份给我？”

后期导演甩眉拉脸，一指旁边电脑，不再理会她。

远兮一步步走向旁边暂时无人使用的电脑，每走一步，都像踏在自己的自尊心上。等坐到电脑前，她的心情已恢复平静。

看，自尊有什么用？人在职场，不晓得哪一天就要点头哈腰低声下气，远兮自嘲地想。

有剪辑助理小心翼翼地觑着后期导演的脸色，凑到远兮身边，声音低如蚊蝇：“郁助理，我来帮你拷贝吧，素材文件太多，免得拷错。”

远兮痛快交出她带来的移动硬盘。

“从八点半一直拍到十二点半，二十个机位加随身摄影机，一百小时高清素材，都在这里了。”漫长沉默的等待过后，剪辑助理将移动硬盘交还远兮。

“谢谢！麻烦您了！”这种人人望天望地，只恨不能隐身的时候，他愿意出面相帮，远兮真心诚意向他道谢。

走出员工活动中心，外头云层低垂，仿佛随时将有一场大雨倾盆而至。

远兮不想待在员工活动中心，带着笔记本电脑和移动硬盘走向农舍。

推开农舍底楼大堂的门，门内灯光柔亮，远兮没看到往常当班的小白，却一眼望见站在前台里的许凌昀。

他站姿挺拔，渊渟岳峙，听见她进门的声音，他抬起头来，与她的视线碰个正着。

“嘿！”他朝她微笑。

“嘿！”远兮走向前台，“小白不在？”

“农场租给节目组使用，近期清场并不对外接待散客，看了几天节目录制，她便闲极无聊，索性请假同小姊妹外出旅游去了。”许凌昀对小白有种长辈对晚辈的包容。

“那你怎么会在？”远兮挑眉。

“有家公司将元旦聚餐定在农庄，对方刚确认菜单。”他摇一摇手中传真。

“啊……”远兮了然地靠近前台，就着许凌昀的手，去看菜单，六道冷菜，八道热炒，一咸一甜两款汤品，另有主食甜点，“当天一定十分热闹。”

那一天选手们将分成两组，每组都要为十桌客人制作相同的一道冷菜、两道热炒、一份甜品，由食客们负责品尝并投票，胜出的一组直接晋级下一轮比赛，而落败的一组则不得不接受残酷的惩罚任务。

“今天不忙？”许凌昀问远兮。

远兮拍拍夹在臂弯中的笔记本电脑：“有些案头工作，想到这儿来躲一会儿清净，顺便蹭网。”

“欢迎之至！”许凌昀闻言失笑，遥指大堂一角沙发，“沙发茶几充电线任君使用。”

远兮在转角沙发内落座，一边是落地玻璃窗外一丛疏密错落的翠竹，随风轻轻摆动，洒落一地摇曳光影，一边是农舍大堂内古朴的老式樟木架子，上头放着若干报纸杂志，像是随时等待有人前来翻阅，却又久久无人问津。

如此安宁静谧，教人心平气和。

远兮很快全身心投入工作，物我两忘。

农舍后厨又是另一番景象。

许凌昀与餐厅总厨商讨菜单，如何以科学合理的顺序烹饪并上菜，保持食物最佳风味与口感。

“坑烤乳猪烤制时间较长，如果最后上桌，客人们大多已经吃饱，很难再吃得下，所以要在冷菜与三四道热炒之后就上坑烤乳猪，保证客人在味蕾刚被唤醒时就尝到这道菜。”

“那需要在客人到场前就开始烤制，才能确保上菜时机。”总厨掸掸传真纸，“单这道蟹粉拆烩鱼头就是极费工夫的功夫菜。”

“当天食堂陆师傅、几个阿姨，还有参加节目的全体选手都会到后厨帮忙，应该能解你燃眉之急。”许凌昀双手合十，“拜托骆总！”

“这一单做完，你怎么谢我？”总厨双手抱胸。

“予取予求！”许凌昀双臂一摊，“任你蹂躏！”

总厨笑眯眯一撸光头：“滚！谁要蹂躏你！我要带妻儿老小往东南亚旅行……”

“好好好，一句话！机票食宿我全包！”许凌昀恨不得跪下来唱《征服》。

毕竟整间农舍餐厅全靠骆总出神入化的厨艺支撑。

光头总厨心满意足："来，我们试菜！"

两人一头扎进菜单里，从最简单不过的凉拌双笋开始配菜、试菜。

等许凌昀再次抬头，外头天光已暗，黑压压的云层预示着糟糕的天气。

"看样子要下雨，你回去路上还要开车，今天就到这儿吧。"许凌昀轻拍主厨宽阔的后背，"余下的明天再说。"

总厨才不同他客气，围裙一摘，往他肩上一抛，扬长而去。

许凌昀摇头微笑，将肩膀上沾着污渍油迹的围裙取下，放进厨房脏衣篮，又将长长流理台上的厨余垃圾装进分类垃圾桶，这才洗干净手，脱下自己身上的围裙，返回大堂。

静悄悄的大堂一隅，远兮半垂着头，目不转睛地盯着笔记本电脑，稍早他为她准备的一瓶矿泉水，原封不动地搁在茶几上。

她的头发，比起他们初见时，长长少许，额发偶尔滑落眉梢，她下意识伸出手，将头发掖到耳后，露出棱角无可挑剔的侧脸，如同阴沉傍晚的一道光，教他无法移开眼。

许凌昀觉得他的脚似拥有自主意识，不受控制地走向那道光。

"还在忙？"他低声问。

"啊……"远兮抬起头，忍不住伸出指尖，按揉下眼眶，轻喟，"隔行如隔山，看人挑担不吃力。"

许凌昀点头，深以为然。

"在我当农民之前，也觉得种地有什么难？小事一桩！"他俯身取过矿泉水瓶，替远兮拧开，递到她手边，口气轻松随意中带些调侃，"结果第一次耕地之后，回家躺足两天，才重新觉得腰是自己的。"

远兮接过矿泉水，小啜一口，与许凌昀对视，随后两人齐齐失笑，笑声在空寂的大堂回荡。

“饿不饿？”许凌昀看看大堂里时针指向六点的落地钟，“我到厨房里给你简单弄点吃的，请你将就一顿？”

他见她眼睛里有细碎的光，对他大力点头：“好！”

原来，人的眼睛，真的会像夜空中闪亮的星，许凌昀脑海里忽然闪过这样的念头。

许凌昀返回厨房，远兮跟在他身后。

“怎么好意思干等着开饭？”她环视农舍偌大一间设备精良的厨房，“有什么需要我帮忙的？”

许凌昀将下午试菜剩余的原本准备带回家做晚餐的配料一一取出，拿过一头大蒜：“帮忙剥大蒜，拍点蒜泥。”

“没问题！”

远兮一边剥蒜，一边感叹：“是我先入为主，以为农舍后厨会是农家乐式的土灶，想不到竟然是改良过的中西结合式厨房。”

“我刚接手农场时，后厨确实是传统柴火灶，不过第一年招待客人积累了些经验，感觉柴火灶在食客人数众多时，没办法保证火候，灶眼数量也不足。”许凌昀将彩椒片改刀切丁，“所以在对农场进行整体系统规划时，将厨房做了全面升级改造，保留了一眼柴火老灶，其他都是沼气燃气灶，使用农场自建沼气池产生的沼气。”

远兮“哗”一声：“这么厉害？！”

“技术含量非常低，只不过在城市推广应用得比较少而已。”许凌昀向远兮解释，“都市有足够的电量供应，居民不必动脑筋自行制造能源，但农场又是另一种状态，家禽家畜每天产生大量排泄物，农作物在成长、收获过程中则有为数众多的秸秆，作为垃圾清运填埋费用不菲，现在所有排泄物与大部分秸秆作为沼气原料，投入沼池，热电联产，为整座农场供电供热。”

他伸手在空中划拉一圈，声音中带着骄傲。

远兮鼓掌，发自肺腑地佩服，难怪会成为本区智能现代生态农业示范项目！

许凌昀笑一笑："这大概是我作为理工生的坏毛病吧，看到新技术，总想亲自试试看。每到农展会，除了推销自家产品，最关注的就是各公司推陈出新的农机农具和超前技术。迷恋程度大抵等同于你们女孩子看珠宝首饰箱包，流连忘返，乐不思蜀！"

远兮听得哈哈大笑，摇指否认："不不不！我不在她们女孩子行列，我痴迷重型机车，看到心仪车款，根本迈不动腿！"

许凌昀思及她那辆令他都不免生出垂涎之心的流线型重型机车和她在视频里直面对手时的矫健身姿，认同："对，你不是普通女孩子！"

你是一道光，他在心里说。

两人在厨房有说有笑，合作默契。许凌昀做一锅彩椒牛肉粒炒饭，另炒一盘蒜泥豆苗，搭配一大碗菠菜蛋花汤。两人也不嫌厨房没有座椅，面对面倚着长流理台，人手一碗炒饭。

一厘米见方的雪花牛肉粒，肉质细腻均匀，只消一点点橄榄油，经猛火热力催逼，迅速锁住水分，油脂微微析出，每一口都能尝到浓郁肉香。

远兮连吃两碗，这才停筷，给自己盛一碗菠菜蛋花汤，徐徐饮下，然后心满意足地叹息："人生没有什么烦恼是一顿美食解决不了的，如果一顿不够，那就两顿！此言诚不我欺！"

她捧着碗走向水槽，打算洗碗，被许凌昀伸手拦住："这里交给我收尾，你还有工作要继续。"

远兮点点头："辛苦你了！"

她返回大堂，继续观看视频素材。

许凌昀将厨房收拾干净，走出厨房，行经大厅，瞥见大堂角落里远兮孤零零的身影，忽然不想任她一个人独自工作。他转进前台，取过手机给母亲发消息：我晚些回家，不用等我，早点休息。

冯宪珍很快回复一个闪烁着七彩玫瑰花图案的“知道了”的表情。

许凌昀露出一点笑来，他不懂中老年人为什么喜欢使用这些花花绿绿硕大醒目的表情，但觉得爱用这样的表情，大概心情也不会太差。

他算算时差，这个点，随考察团远赴澳大利亚的顾问老蒋应该已经吃过晚饭了，遂向老蒋发出视频通讯请求。十数秒后，老蒋接通。

画面里，十一月澳大利亚暮春的阳光把老蒋的肤色又晒深一个色号，显得人黑黝黝的，一笑露出一口白牙。

“哟，小许侬想吾了哦？”老蒋嗓门洪亮。

许凌昀望向埋头工作的远兮，庆幸自己戴着耳机：“我想不想有什么要紧？阿嫂想侬就可以了。”

老蒋隔着印度洋和光纤，眯眼打量许凌昀：“呵呵，会得打嘈（打趣）我老人家了，侬胆子越来越大！说，什么事教你心情如此之靓？”

许凌昀抬头，视线微微高过前台桌面，能看到远兮乌黑发顶上一圈柔亮的光晕，他朝老蒋微笑：“水稻及时收割完毕，所以心情很好。你呢？那边农场环境如何？”

老蒋才不去提醒年轻人，你眼里的温柔都快溢出来了，当我老头子看不到？

“环境是真好！”老蒋转而说起考察见闻，“满目山峦，耕地宽广平整，适合大型农机耕作收割，缺点是人工超贵，偌大一片农场，要想全靠自己属于痴人说梦，但雇用当地工人则成本过高。”

老蒋斤斤计较："不同类型农场允许经营的范围也各有限制，操作起来比较麻烦，有些不让买，又有些不让卖，手续比国内还烦琐。"

抱怨了几句，老蒋再三赞叹："他们自20世纪70年代便实现农业生产机械化，时至今日农业保有高度现代化生产水平。人家那地，种起来才叫痛快！"

江南湿软的土壤泥层和大小面积不规则的地块限制了大型农机的使用，教老蒋一直耿耿于怀。

许凌昀轻笑："我们的技术，也在慢慢追赶。前几天我同特拉维夫方面聊了聊，也许可以引进他们的无线传感器测量土壤湿度技术，以低成本功耗，缩短时间，采集土壤水分、温度数据，减少人力田间作业。"

老蒋在彼端爽朗大笑："英雄所见略同！我在这边看见类似技术的应用，还想着回去和你提呢！国内也已经有无线传感测量器厂家，但论技术成熟度，还需多方考察。"

两人聊技术，谈育种，展望前景，时间过得飞快，直到老蒋打哈欠，许凌昀方意识到时间不早，两人互道晚安下线。

当他再次隔着前台桌面，望向远兮，忽见她从沙发上起身，轻捷地伸展四肢，随后弯腰合上笔记本电脑，往臂弯一夹，朝他走来。

"忙完了？"许凌昀注意到远兮带着隐隐血丝的眼里有一丝疲惫。

远兮一只手臂屈起搭在前台上："差不多，只等到时间发布官宣。谢谢你！"

谢谢你的晚餐，还有……你的陪伴。

许凌昀自前台绕出，与远兮并肩走到大堂门口。

外头夜色已至，一场大雨下得正酣，豆大雨滴砸在农舍前的小广场上，激起一片片轻烟似的水线。一眼望出去，农庄融进夜雨之中，大堂内的他与她，仿佛孤立在时空里。

“雨这么大，骑摩托车回去，可安全？”许凌昀不太放心。

远兮抬头注视雨势一时半刻没有变小迹象的天空，不太在意地耸耸肩：“实在不行，我就在大堂沙发上凑合一晚，许先生不会赶我走吧？”

“大堂怎可睡人……”他做迟疑状。

远兮瞪他，脸上露出“难以置信”的夸张表情。

许凌昀低笑，笑声沉沉：“楼上有客房，怎能让有几饭之谊的朋友睡大堂？”

远兮拿手肘撑他：“你这么调皮，你妈妈知道吗？”

许凌昀想一想，摸摸鼻子：“我妈妈觉得我是完美儿子。”

说笑完毕，许凌昀返回前台，取一张房卡交给远兮：“临水景观房，能枕水江南，卧听夜雨。”

又指一指大堂走廊深处：“我在楼下值班室，有什么问题，尽管叫我。”

“谢谢！”远兮接过房卡。

“晚安！”他对这如劲竹般的女郎微笑，轻轻在心里说，祝你有个好梦。

第十四章

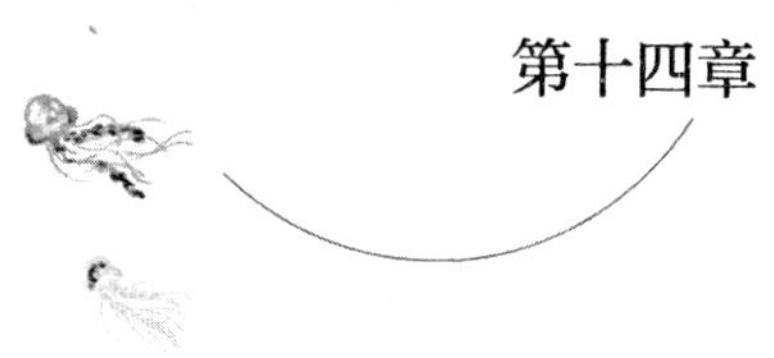

晚八点半，认证信息为“成长吧，厨娘”的节目组账号在社交平台发布官宣。

五十张面孔洋溢青春的半身照组合成一张心型宣传海报，年轻的眼睛里充满对未来的渴望与憧憬，似有星光在瞳孔深处闪耀。

另附有一段时长两分三十秒的视频。

清晨竹枝草叶上晶莹剔透的露珠、现代化智能温室里嗡嗡飞舞的蜜蜂、金色稻穗随风绵延起伏的广阔稻田、池塘里被大把撒下的鱼食诱得纷纷浮上水面拥挤跳跃的游鱼……一派教人心生向往的田园风光，持续不过十几秒，转瞬便切换到施工队夜以继日忙碌改建谷仓、架设机位的画面，随即又转至早高峰川流不息的车阵、一线天光照进狭窄逼仄的老旧弄堂和一只拿着节目组定制标记信封的素手。

画面中的手干净修长，指甲修剪得圆润整洁，自然白中透出淡淡肉粉色，带着一种健康而有力的美，一闪而过。而后白色信封被递到陋室门内婉容丽色的年轻女孩手里、递到顶级江景别墅姿态娴雅优越的都市女郎手里、递到学校宿舍睡眼惺忪满脸诧异的女生手里……伴着一句“恭喜！成为《成长吧，厨娘》节目的入围选手，期待你在节目中的出色表现，加油！”清朗的女声，与女孩子们惊喜的表情、难以克制的尖叫交织在一起，让人很难不对手的主人产生好奇。

只是观众们的好奇还来不及消化，视频画面再度一转，后现代主义色彩浓厚的巨大空间里，穿着不同类型服装的年轻女孩们之间火药味浓厚的竞争气息、一屁股跌进泥浆后的狼狈、从船上摔落池塘的身影、食堂里争执中的眼泪、惩罚任务环节咬着牙也要坚持的努力和即使曾经有矛盾也伸出去的援助之手……

最终配以简单字幕：成长路上，有欢笑、泪水，有竞争、友情，有收获、失落，更有不服输的勇气和决心。加油！年轻的厨娘们!

然后黑屏，摄像、录音、剪辑等演职表呈现在屏幕下方。

短短两分半钟视频，最初只得一千多次播放观看，但很快转发评论便以几何级数增长。

“这么多会烧菜的漂亮小姐姐！关注了、关注了！”有人期待。

“住豪华别墅，门前一片草坪都比我家面积大的有钱人还需要参加厨艺比赛？直接出道不就好？”有人不以为然。

“弄堂小姐姐看起来家境不太好，可她好开朗好阳光啊！”有人感慨，“这样的环境我也生活过，采光差，地面阴冷潮湿，没有独立煤卫，住得久了，人会抑郁。”

“这就是年初那场轰轰烈烈的网络视频海选挑选出来的选手？视频能作假节目组不知道？！严重怀疑正式比赛会是大型车祸现

场！”当然不乏抱持怀疑态度的看客。

“残疾人怎么参加比赛？大家通力合作，她在那里比手画脚，浪费时间……”

“残疾人为什么不能参加比赛？残疾人也有手有脚！”

“我看过她的海选视频，虽然她不能说话，但她烧菜烧得非常棒。”

“不要吵，她既然入选，自然说明聋哑并不影响她在比赛中的发挥。”

“哭什么哭？比赛不相信眼泪！请用实力说话！”少数观众发现视频中有人眼泪频流。

“哭才有话题啊，不哭如何吸引眼球？”

风格迥异的选手们很快在社交媒体上掀起热烈讨论。

“只有我一个人觉得送信人的手很好看吗？”评论中有人注意力歪了。

“你不是一个人。”很快便有人回复他。

“手太好看了。”

“送信人的声音好耳熟，好像在哪里听到过。”还引来其他对送信人充满好奇的评论。

又有关注点奇突的观众问：“节目中的农场在哪里？想去！”

下头大把人“加一”附和，热闹非凡。

很快这则视频便登上实时热搜榜。

网络上发生的一切，远兮并不晓得。

她头枕江南，脚抵一塘残荷，整晚好睡。清早起床，洗漱完毕，将房卡交还许凌昀，两人一道走出农舍，前往食堂。

一夜暴雨，凌晨方歇，路面上几处小水洼里蓄着积水，映出雨后晴空。

“今天正适合室内赛。”远兮嘀咕。

“又是忙碌的一天。”许凌昀微笑。他五点起床通过电脑远程查看，温室大棚里的新鲜果蔬四点时便已开始采摘，务必要在规定时间内分拣装箱冷链运输，送至客户手中，一秒都不能耽搁。

辛苦，但是充实。

食堂中节目组工作人员陆续前来吃早饭，看到远兮与许凌昀进门，纷纷对远兮报以微笑，同两人打招呼。

大胡子李厚时精力充沛，晚睡早起仿佛对他一点影响也无，瞧见远兮，他大手一招：“小郁！”

“你先忙。”许凌昀对远兮比一个“加油”手势。

远兮走到大胡子近旁，他拍拍条凳：“坐。”

远兮坐到他旁边，朝对面总导演点点头。

“辛苦小郁了，来，先吃个白煮蛋！”总导演笑眯眯地将手边的一枚白煮蛋递给远兮。

接过温热的白煮蛋，远兮轻轻将之握在手心里。

大胡子心情颇佳：“干得不错，继续加油！”

随即发现远兮明显一副状况外模样，不由得哈哈直笑，取出手机来，点开社交软件：“我们上热搜了！”

又压低声音问：“你买热搜了没？”

远兮摇摇头：“我想看看观众对节目的真实反映，所以打算过二十四小时再说……”

不料已被路人自来水的评论转发推上热搜。

大胡子喜出望外：“好的开始是成功的一半，我们现在有一个出色开局，不错不错！”

他掰下一块葱油饼送进嘴里，边嚼边咕哝：“要趁热打铁，买一波热搜，再给路编社、录透社（提前发布拍摄消息的媒体）发一些花絮和物料，然后召开节目发布会，顺势安排播出，齐活儿！”

有热度，有话题，完美！

远兮第一次真正认识到大胡子业界知名综艺节目制作人光环之下，远超普通节目主持人的，对整个节目整体运作和市场定位的长远考量以及规划，非同寻常的组织策划调度与把控全局运筹帷幄的能力。

我做得到吗？远兮自问。

吃罢早饭，远兮随其他工作人员前往拍摄场地。

选手们已悉数到达，正在休息区候场。

摄影棚里弥漫着一种严肃活泼的气氛，女孩子们三五成群聚在一起，交头接耳，不时朝场地中央张望。

当助理导演拿起喇叭，请参赛选手们就位，这些平时总有些快慢不一的女孩今次以前所未有的速度齐刷刷各就各位。

远兮看得嘴角噙笑。

虽然在封闭式环境中参加比赛，不能接触手机，无法及时了解外界讯息，但选手们之间仍有各种小道消息流传，显然她们对今天即将到来的飞行嘉宾充满好奇和期待。

果不其然，当主持人赵洋宣布今天飞行评委是当红歌手聿见时，女孩子们爆出一阵土拨鼠尖叫，连骆佳馨都在看过手语翻译之后，也露出一点点激动神色。

几乎掀翻屋顶的尖叫声浪略略平息，导演有些啼笑皆非地借助喇叭喊话：“矜持，矜持！”

少顷，染一头奶奶灰颜色头发的瘦高青年由经纪人领路，走进摄影棚，再度引起轰动，聿见假意被声音震得后退一步，伸出双手抵挡音浪。

等他与大胡子和赵洋等人一一打过招呼，选手们总算安静下来。

远兮半隐在摄影器材的阴影中，静静注视这如同歌迷见面会般的场面。

聿见正是通过大胡子制作的歌手选秀节目，以第二名的好成绩顺利出道，并在一年之间横扫各大排行榜、颁奖礼，拿奖拿到手软。他多次在公开场合表示李老师对他有知遇之恩，要不是李老师慧眼识珠，力排众议将他从海选中挑中，他不会有今天的成就。

远兮曾在他刚刚出道时采访过他。

彼时他身上尚带着初生牛犊不怕虎的青涩，经纪公司还没将他身上那股淳朴干净的闯劲儿包装成现在这种酷帅狂霸跩的模样，眼睛里满是毫不掩饰的野心。

他直言自己没有接受过正统音乐教育，什么音乐类型都愿意尝试，不想拘泥于一种风格一成不变，希望有一天能成为实力派唱作俱佳的创作人，而不仅仅是昙花一现的偶像歌手。

正当远兮以为他已寒暄完毕，应该正式进入节目录制流程时，他却忽然绕过一地蜿蜒纠结的电线，走向她。

“郁老师，又见面了！”聿见对远兮热情一笑，露出白牙，“我听说您到李老师的节目来了，自告奋勇来当评委，就为见您一面！谢谢您当初给我的建议，至今受用无穷。”

建议？远兮想一想，朝他微微颔首。

也说不上什么建议，只是就他的回答，同他探讨了几位华语音乐创作人前辈对音乐的态度和他们对创作的坚持，仅此而已，想不到他还记得。

“一直想找机会请郁老师吃饭致谢，择日不如撞日，就今天了，请郁老师一定不要推辞！”聿见态度诚恳。

整个摄制组都在等他开始录制节目，远兮不好在这个问题上同他多做纠缠，遂点头答应。

青年见达到目的，心满意足地走向评委席。

大胡子踱到远兮身后：“这明晃晃的差别待遇！这小子怎么不

说请我吃饭？”

远兮被他老人家酸溜溜的口气逗笑：“怎么可能不请您？您积威难犯，他不敢开口而已。”

大胡子粗眉一动：“不是很有情商？怎么会得罪那么多人？”

已有颇多同行或明或暗提醒他，浦江电视台有高层要封杀郁远兮，凡有她参与制作的节目，一概不予在本地频道播出。

远兮汗颜，摊手：“我又不是人民币，人见人爱。即使是人民币，还有人嫌弃它是万恶的根源呢！”

她也已度过最初茫然不甘、低落失意的阶段，十分坦荡：“再说，若非如此，我哪里有机会跟您学习？”

大胡子乐呵呵一摸胡髭：“这话我爱听！”

远兮浅笑，慢慢走到摄像区右后方，既能看清全场，又不会影响摄像机镜头起降运转。

节目已正式开始录制，工作人员推上一辆推车，上头摆着罩有不锈钢保温罩的餐盘。聿见向选手们介绍今天他作为飞行嘉宾，带来的比赛主题。

“我是土生土长浦江人，小时候我外公常带我去家附近一家大肠面馆，点一碗浓油赤酱的大肠面，还要另加腊肉和烤麸。”他一边说，一边掀开不锈钢保温罩，展示里头一盘还冒着热气的红烧大肠，“这是我最爱吃的面浇头——草头圈子！今天比赛主题是：猪大肠创意料理。请大胆打破传统猪大肠烹饪方式，尽情发挥你们的想象力，制作一道以猪大肠为主要食材的创意菜，来抓住评委们的味蕾。”

赵洋在他公布完比赛主题后，笑眯眯补充：“今天比赛的胜出者，将获得与聿见一起前往米其林餐厅共进午餐的奖励……”

他话音方落，室内气氛陡然一变，女孩子们之间仿佛有肉眼可见的火花吱啦作响，一场激烈比赛一触即发。

两位厨师评委示意选手们上前来品尝一下草头圈子，对菜品有一个比较全面的认识。

施西磨磨蹭蹭地落在人群最后方，一脸抗拒："这东西能吃？！"

在她稍前方些的柳凝回头："正因为没吃过，才更要去试试看，否则怎么知道应该如何把握菜品的口感？"

连同施西有过龃龉的乔楚都心平气和地劝她一句："尝一块，很好吃！"

等大部分选手试过菜散去，餐盘中只余一点草头和些许浓稠油亮的汤汁，施西勉为其难地取过筷子，象征性地以筷尖蘸了点汤汁送进口中，随即蹙眉，调味浓重的酱油与冰糖并不能掩饰猪大肠原有的味道。

她返回自己的灶台前，努力压抑不太美妙的味蕾感受。

主持人赵洋宣布给选手们五分钟时间去原料间挑选食材和烹饪所需的厨房用具，选手们争先恐后地冲向原料间。

在选手当中有女汉子美名的乔楚气势如虹，一马当先，跑出了女飞人的架势；总试图做老好人的安萍萍紧随其后，步伐轻盈，像一头轻盈小鹿，将其他对手遥遥甩在身后；暴脾气伍明媚不甘落后，大步跟上，有与安萍萍并驾齐驱之势……远兮站在一角，脑海中自动浮现出大段旁白。

她头脑中的小剧场，在看到骆佳馨与手语翻译卞若珍时，暂时落幕。

因听力原因，骆佳馨看完卞若珍的手势，反应速度比其他选手略慢半拍，她十分沉得住气，并不慌张，哪怕落在众人后头，也不疾不徐，并不担心，倒是卞若珍面上有些替她着急的神色，指指腕上手表，提醒她注意时间。

选手都在规定时间内挑选完食材与用具，各归各位，赵洋宣布比赛开始，为时六十分钟。

摄影棚内人声渐消，参赛选手全神贯注于清洗、切配食材，刀刃有节奏地落在砧板上，似融汇在一处的交响曲，时而高亢，时而婉转。

赵洋同两位大厨分别对每位选手进行询问和指点。

“你打算做什么创意菜？”身为五星级酒店行政总厨的呰大厨问埋头处理大肠的柳凝。

他在比赛前认真看过所有参赛选手的海选视频，对她们有基本的了解，所以他很好奇在法国蓝带烹饪学院系统学习过西餐烹饪的柳凝要怎么做这道创意大肠料理，毕竟这是一道非常中式的菜色。

柳凝头也不抬，将节目组事先已经预清洗过的大肠整段浸泡在加了盐与柠檬汁的清水中反复搓洗：“我准备做一道红酒煨大肠配芥末鹅肝酱。”

“不觉得太过油腻吗？”

“会配以清脆爽口的蔬菜盏。”

呰大厨点点头。

另一边，赵洋双手负在背后，溜达到伍明媚跟前：“对这场比赛，有没有信心？”

“有。”伍明媚把清洗干净的猪大肠放进高压锅中。

“你有什么创意？”

“我要在草头圈子的基础上，对这道菜进行改良。”伍明媚抬头冲跟过来拍摄的录像镜头一笑，“获得同聿见共进午餐奖励的人非我莫属！”

赵洋忍不住笑了起来：“加油！”

三人在选手之间兜了一圈，回到评委席。

聿见因担心影响选手发挥，留在评委席上，待三人归位，颇期待地问：“三位老师觉得，哪位选手比较有创意？”

“我个人比较期待柳凝的红酒煨大肠配芥末鹅肝酱。”呰大厨直言不讳，“她将大肠这种非常中式的食材，完全以西餐方式进行烹饪，很想看看能碰撞出什么样的花火。”

贺大厨则不同：“乔笑绵的经历比较特殊，烹饪技巧娴熟，有种野蛮但旺盛的生命力，对大肠这类食材的把握不成问题，我好奇的是她要以怎样的创意打破排挡厨师身份的桎梏，将自己的厨艺提升至新境界？”

赵洋闻言微笑：“我有些担心施西，她对主题食材完全没有认识，发自内心地抗拒，拿的其他食材非常杂乱，很难想象她要如何搭配，才能制作出一道有创意又美味的菜品。”

“其实大肠是一种相当亲民的食材，焖炖炒卤炸，无论哪种烹饪方法，都可以很好地凸显它自身肥腴软糯的口感。我看到她菜篮里有彩椒、洋葱、午餐肉和牛油果，完全可以把大肠煮得熟烂，然后与彩椒、洋葱一起用竹签串成串，撒上大把香料，送进烤箱里烤得金黄酥香，同时以牛油果洋葱碎加一点点柠檬汁和少许甜辣酱打成沙司……”呰大厨脑海里已有一套完美方案。

“说得我垂涎欲滴，比赛结束，呰大厨也露一手吧！”赵洋才不同他客气。

被评委担心的施西此时毫无头绪，方寸大乱。时间一分一秒流逝，高悬在比赛区前方巨大电子屏上的倒计时已过去二十分钟，而她的脑海里仍是一片空白。

位于她右前方的伍明媚把清洗干净的大肠放进高压锅中炖煮，配菜也先后切完，正准备调制红烧汁，侧身取调味瓶时瞥见全无章法的施西，她手上动作微顿，脾气使然，到底没能忍住，回过头来：“水里加一点点白酒或者柠檬汁，把大肠放进去反复搓洗，去除异味，然后煮熟煮透，煎炒烹炸，选一个你拿手的方法做，如果不完成比赛，你就要被淘汰了！”

料理台在她左侧的安萍萍本不想管她，但老好人本性终究占了上风。

“我这里有很多剩余食材，你看看有没有需要的，尽管拿去。”她声音细细的，“大肠本身带有强烈味道，所以一定要注意调味。调味是关键。”

说完与伍明媚对视一眼，两人又继续专注于比赛，她们已经尽力，施西接下来只能靠她自己。

施西愣怔片刻，强忍恶心，用筷子夹起放在流理台食材盒里的整条大肠，去进不锈钢水槽中，打开水龙头冲洗，又把高压锅放在燃气灶上，烧半锅开水，准备煮肥肠。

排风设施良好的摄影棚里渐渐开始香味弥漫，各种调味料、香辛料混合加热后产生奇妙化学反应，浓郁的香、呛鼻的辣、清新的酸……挥发出唤醒嗅觉与味觉的独特香气，教在场所有工作人员直咽口水。

“还有十五分钟，请选手们注意时间。”赵洋注视电子屏，出声提醒。

“高压锅应该开始减压，取出食材做进一步烹饪了。”贺大厨担心部分选手的进度，“在厨房，时间管理相当重要。”

“在有限时间里将步骤繁多复杂的菜式以合理的顺序完成，保证菜品在端上桌时能以最佳风味呈现，需要经过相当长的实践摸索，才能掌握技巧。”訾大厨直言，“施西的肥肠入锅太晚，我担心她来不及完成菜品。”

“她如果不能完成菜品烹饪，那这一场将等于直接被淘汰……”赵洋有些遗憾。

施西虽然有些娇生惯养，遇事动辄哭哭啼啼，但她在热身赛和前两场比赛中的表现，还是可圈可点的，尤其在第二场淘汰赛当中，她做的千层酥皮纸包烤三文鱼，得到三甲的惊艳成绩。如果这一场因为她对食材的抗拒而惨遭淘汰，未免有些遗憾。

“能把不起眼甚至是不喜欢的食材，料理出令人赞不绝口的美味，那才是一个厨师最值得称道的成就啊！”聿见以手拄腮，有些感慨，“就像一个合格的音乐人，要能把不完美的旋律，重新演绎出自己的风格，让听众入耳难忘。”

“还有五分钟，选手们请抓紧最后的时间！”

大多数选手的菜品已到烹饪尾声，正在紧锣密鼓地配菜、摆盘，有少数几位选手则焦急地等待烤箱或者蒸锅的定时器到时，另有两名选手跑向一旁的冰箱，取出冷藏其中的腌制好的半成品。

施西面前燃气灶上的高压锅终于解压完毕，她手忙脚乱地取下高压锅盖，拿筷子夹出里头焐得软糯的大肠，滑溜溜的一段大肠“啪嗒”一下落到砧板上，滚烫的汤水溅在她的手背上，施西被烫得“咝”的一声，但她也顾不得那许多，将手背凑近嘴边舔一舔，就算处理过了。

她抽过一旁锅架上的铸铁平底锅，开燃气热锅，同时开始切肥肠。

白花花的肥肠拧曲着盘在一处，像一条滑腻的蛇，施西深吸一口气，强迫自己拿起菜刀，开始改刀。肥肠又烫又滑，她屏住呼吸，好不容易才把一条大肠都切成大小一致的小段。

铸铁锅已热得冒白烟，她从调料盒里抓过油瓶，微微倾身倒油。

烧得炽热的铁锅一碰见食用油，顿时迸起一簇火，火苗蹿得老高，燎着凑在锅前的施西的头发，迅速烧了起来。

施西发出短促尖叫，跳着脚拼命以手去拍脸颊两边燃烧着的头发，却一点效果也无，她周围的选手们都被这突然发生的意外骇得不知所措。

“现场安全员！”导演忍不住大喊。

说时迟，那时快，一道身影从侧旁直冲进比赛场地，顺手抓过一条施西搁在案板上擦手的湿揩布，兜头盖在施西头上，又一把将放有切好的大肠的竹木砧板拿起，不管三七二十一，翻手倒掉上面的大肠，以砧板贴着铸铁锅的锅沿，缓慢而坚定地推动砧板，使之覆盖住整口铸铁锅，严丝合缝，一点空隙不留，并关掉燃气阀门，蹿至半空中的火苗瞬间消失。

所有动作一气呵成，发生在一眨眼的工夫。

“其他人继续完成比赛！”郁远之冷静的声音响起，近乎冷酷，“还有三分钟时间，不要浪费！”

说完，她轻轻取下覆盖在施西头上的湿揩布。

揩布下头发上的明火已灭，正冒着淡淡白烟热气，施西原本白皙的皮肤被火焰烫出透明燎炮，与烟色混在一起，显得整张脸有些可怖。

现场安全员与医务人员先后赶到，远兮侧身，将空间让给他们，却发现施西的一只手紧紧攥着她的衣角，带着哭音说：“我的脸……我怕……”

“别怕，让专业医生替你检查，做紧急处理。”远兮轻轻握住女孩子颤抖的手，“我在这里陪你。”

那么爱哭的施西，强忍住眼泪，任由医生检查处理她脸上的伤处。

一片杂沓中，远远的，远兮听见大胡子雄浑的声音在问：“刚才那幕拍到了没有？角度！角度！让后期剪一个全方位多角度镜头。”

当比赛倒计时十秒钟结束，选手们纷纷举起双手，远离自己的灶台时，远兮牵着施西的手，将她送上节目组的保姆车，由医生陪同，前往医院，做进一步检查和清创处理。

她返回谷仓，拍摄已进行到宣布成绩最差的三位选手，总导演在大胡子示意之下紧急叫停。

“考虑到施西由于不可抗因素未能完成比赛，接下来究竟是直接淘汰施西，还是仍然在后三名中淘汰一人，将影响未来比赛进程，导演组需要进行紧急商讨，节目录制暂时终止……”

直肠子乔楚举手：“导演！”

“你说。”

“施西没能完成比赛，应该视为自动退赛吧？为什么还要讨论是否再淘汰一人？这不合理吧？”乔楚无视大家示意她别当出头鸟的各种挤眉弄眼，问。

女孩年轻气盛，态度有些咄咄逼人，导演闻言并不生气，反倒耐心向她解释：“所有参赛选手与节目组签订的合同中都有一条不可抗力条款，约定参赛选手因不可抗力无法履行合同全部或部分义务时，免除全部或部分责任。所以节目组需要商量一下，究竟是顺势淘汰施西，还是按照赛制，从成绩倒数的三位选手中淘汰一人。”

远兮隐在摄像器材的阴影中，看着比赛场地中灯光聚焦里两颊微鼓的乔楚，不是不感慨的。

初生牛犊不怕虎，敢于这样质疑节目组的决定。不像她，哪怕被台里从工作岗位上撤换下来，都没能当面问领导一句：为什么是我？！

不知不觉，生活磨平了她身上曾经锋芒毕露的棱角。

【未完待续】

图书在版编目（CIP）数据

你是我荒漠里唯一的花：全 2 册 / 寒烈著 . — 南京：
江苏凤凰文艺出版社，2021.1
ISBN 978-7-5594-4811-8

Ⅰ . ①你… Ⅱ . ①寒… Ⅲ . ①长篇小说 – 中国 – 当代
Ⅳ . ① I247.5

中国版本图书馆 CIP 数据核字 (2020) 第 067240 号

你是我荒漠里唯一的花：全2册

寒烈 著

选题策划	北京记忆坊文化
责任编辑	白　涵　刘洲原
特约策划	绪　花
特约编辑	绪　花
封面绘图	布克舒先生
封面设计	80 零 · 小贾
版式设计	天　缈
出版发行	江苏凤凰文艺出版社
	南京市中央路 165 号，邮编：210009
网　　址	http://www.jswenyi.com
印　　刷	三河市国新印装有限公司
开　　本	880 毫米 × 1230 毫米 1/32
印　　张	14
字　　数	369 千字
版　　次	2021 年 1 月第 1 版
版　　次	2021 年 1 月第 1 次印刷
书　　号	ISBN 978-7-5594-4811-8
定　　价	59.80 元（全二册）

MEMORY
HOUSE